中国文学名家小小说精选丛书

两平方米麦亩

张中杰　著

江西高校出版社
JIANGXI UNIVERSITIES AND COLLEGES PRESS

南　昌

图书在版编目（CIP）数据

两平方米麦亩 / 张中杰著 . -- 南昌：江西高校出版社，2025.6. -- (中国文学名家小小说精选丛书).
ISBN 978-7-5762-5712-0

Ⅰ . I247.82

中国国家版本馆 CIP 数据核字第 20253HV334 号

责 任 编 辑	丁文勇
装 帧 设 计	夏梓郡

出 版 发 行　江西高校出版社
社　　　　址　江西省南昌市新建区工业二路 508 号
邮 政 编 码　330100
总 编 室 电 话　0791-88504319
销 售 电 话　0791-88505090
网　　　　址　www.juacp.com
印　　　　刷　鸿鹄（唐山）印务有限公司
经　　　　销　全国新华书店
开　　　　本　650 mm×920 mm　1/16
印　　　　张　13
字　　　　数　160 千字
版　　　　次　2025 年 6 月第 1 版
印　　　　次　2025 年 6 月第 1 次印刷
书　　　　号　ISBN 978-7-5762-5712-0
定　　　　价　58.00 元

赣版权登字 -07-2025-37

序：洞悉生活的真意

赵淑萍

和中杰相识于 2019 年,《小小说选刊》在河南巩义举办的一次笔会。笔会期间有一个联欢会,他表演了河南曲剧《卷席筒》的一个片段。"无丑不成戏",他扮演丑角正演的小仓娃,嗓音豁亮,闪转腾挪,滑稽诙谐,顿时引来全场观众的喝彩。他给我的感觉就是——接地气。

读他的小小说,也是同样的感觉:接地气。他的小小说的题材非常宽泛,人物生动,满满的烟火气。后来,他发来一组军旅小说。我好奇地问他是否当过兵,他说父亲是抗美援朝老兵,大哥和外甥也当过兵,喜欢听兵故事。略微交谈,大致了解了他的成长轨迹:高考落榜后不甘沉沦,自学成才。在很多单位待过,"公检法"兜了一圈,现在渑池县人民检察院任职。他左手通讯报道,右手文学创作。写通讯,年年获得省级及以上先进通讯员荣誉;搞创作,诗歌、散文、小小说全面开花,大大小小的奖项可以列出很长的一个名单。2018 年 6 月,集中精力专攻小小说。

无论是写报道还是写小小说,我想,最重要的是对素材的处理。张中杰拥有比一般人丰富的素材,有的,是他以脚量地,辗转采访第一手获得;有的是间接从亲友处听闻,如军旅生活。关键的是他有一双慧眼,善于从材料中找出一个"点",这个"点",在新闻中就是焦点,是新闻价值所在;在小说中就是故事核,是核心的情节和细节,甚至可以是一个贯穿全文的物件,人物的一种执着的念想或一句话，整个小说围绕它打开、延伸。

比如他的被选入 2019 年陕西中考试题的《小铁锤》，有感于外甥当兵前后变化而作。文中，一位懒散、骄纵、叛逆的年轻人，母亲为了改造他，送他去军队里锻炼。母亲邮给儿子一个小铁锤，这小铁锤，伴随母亲度过童年，母亲曾以锤子淬火锤炼的精神自勉。这个小铁锤，寄托着母亲殷殷的期待，是精神的传承，有美好的象征意义。一个小铁锤使一个平常的励志故事脱颖而出，清新而且富有意蕴。

《我是一个兵》刻画了一位真正的人民公仆。主人公由一个普通的士兵成长而来，能处处换位思考，为百姓着想。作者的文字，平实质朴，近乎散文化的叙述，以独特的细节和一个出奇的又在情理之中的结局使小说陡然增色。当主人公在部队当连长时，巡查一个新兵班，为战士们做战前动员。夜里，解决内急后回来的卫生员竟发现急救箱中丢了 6 片抗过敏药。班长急着要查实，按临阵脱逃的军法处置。而他却让整个班的士兵都进指挥办一下，把偷拿的药片悄悄还回去，既往不咎。后来战士们在战斗中都异常勇敢。看来连长熟读史书，这与历史上楚庄王饶恕调戏自己宠姬的将军而令将士们都摘帽的故事有异曲同工之妙。另有一个细节，主人公担任主管交警的副局长时，一次，有一位司机因为去搀扶一位惊惧交加的老太太过马路，往左急打方向将车斜横着压线停下，违了章。对这种无奈的违章他决定不予处罚，他说要人性化处理，别让好人做了好事流血流汗再流泪。而结尾是："你也许很想知道我为什么了解刘局长这么多。其实，我就是当初拿了两片药的那个新兵蛋子。"读到这儿，读者不禁会心一笑。

《独立团》刻画了一位平凡战士通过炮火励志洗礼而成长为英雄的形象。新兵杜子龙豪情满怀，想当团长，但起初因为瘦弱、胆怯羞涩被人讥笑。他为自己解嘲，说自己是"独立团"团长。他一边憧憬着自己成为真正的团长，一边苦练军姿。最后，惨烈的危难时刻，他真的成了"独立团"团长：其他战士都牺牲了，剩了他一个。他虚张声势，采用报数的方法迷惑了敌人，使敌人以为援军到了。关键时刻拉响手榴弹，和敌人同归于尽。他用自己年轻的生命实践了梦想，使得男儿的一颗功业之心升华为对祖国、亲人和战友的无私的爱和担当。

《喊泉》情节处理虚实相生，富有传奇色彩。山清水秀的韩村，传说有一条大河源头往南有道龙脉，龙眼潜伏于地下深谷之中，非喊不流。韩爷祖上代代能"喊"泉。但是，韩爷的两个儿子不屑"喊"泉，私开金矿，挖断了"喊泉"的承压水层，造成水源重金属超标，当地村民深受其害。为了赎罪，小儿子韩井责无旁贷地接受了父亲的"喊"泉秘传，带村民们去"喊泉"喊水，最后，又喊出了清凉甘冽的泉水。"喊泉"仪式成为"非物质文化遗产"项目。"喊泉"还上了自动罐装生产线，成为畅销的矿泉水品牌。真正的发展，应该是立足环保的发展，否则，必然得不偿失。父和子，传统和现代，经济和环保的冲突，在文中得到了很好的处理。

被《小说选刊》选载的《老戏骨》，窃以为是张中杰比较成熟的一篇笔记体小说。作者的叙述从容不迫，人物的语言、动作可谓是"按头制帽"，和人物的身份、性格很是妥帖，而一些细节活灵活现。这个老戏骨爱戏成痴，一生寂寞、清苦、勤俭，他把戏当成了自己的"女人"，他穷尽一生的积蓄，最后，嘱咐一半置办行头，一半给孤儿院。这个形象让我想起了陈彦的长篇小说《主角》中那些演传统戏的老戏骨。虽然人生境遇不同，但是对戏的执着和对自己的严苛却是共同的。简洁的笔墨刻画出一个丰满而典型的人物形象。

张中杰很多的小说人物很可爱，有一股"狠"劲。而张中杰对于文学，同样的有一股"狠"劲。他是一个勤奋且不断探索的作家。在创作中，他不拘泥于一路，史海钩沉、传奇故事、新闻事件、日常小事，都能触动他的灵思。城市、乡土、军旅、官场、情场，他的笔触，涉及的领域越来越宽广。因为洞悉生活的真意，他的故事核抓得准，抓得好。

天道酬勤，行稳致远。衷心祝愿他的小小说越写越"大"，越写越精致。

赵淑萍，中国作家协会、中国文艺评论家协会会员，中国微型小说学会副会长。多次获世界华语微型小说年度奖、中国微型小说年度奖；获第十届小小说金麻雀奖。已出版散文集《自然之声》《坐看云起》，小小说集《永远的紫茉莉》。

CONTENTS
目　录

两平方米麦亩

第一辑

家国情怀

◀ 小铁锤

．．．．．．．．．．．．．．．．．．．．

"呼。"随着儿子猛烈地关上卧室门的骤响，你的心一个震颤，委屈的眼泪淌下来。

打小把儿子当块宝呵护，儿子却长了身营养过剩的懒膘，脾气暴躁。更年期遇上青春期，中年多疑杠上少年叛逆。本来，自己属鸡，老公属狗，紧张的婚姻天天鸡飞狗跳。晚婚，唯一的宝贝儿子无论如何呵护，却与你如反贴门有一次儿子顶嘴，恰好被弟弟看到，儿子憋着脸给她倔，当舅舅的作势要将儿子往窗户外扔，儿子脸吓得乌青才噤声，但次日好了伤疤忘了疼，依然如故。

你真担心学习成绩平平，养一身贼膘的儿子，别说指望将来有出息，为自己养老，恐怕连个对象都难找。

"再不听话，我送你去当兵！"你咬牙切齿。

"当兵就当兵！好男儿就得去当兵！"儿子居然不屑一顾，大声争辩。

小时候，班主任老师常教你。正如浇水过多的花根部更易腐烂而早夭，放不开手的风筝注定飞不高。

你当过兵的爹也说过。你不舍得让孩子吃的苦，迟早会被社会强制吃更多的苦。

犹豫摇摆许久，在把一枚铜钱抛了无数次正反后，你终于狠狠心，送高中毕业的儿子去当了兵。

"五公里拉练咋能跑得动？两米高的障碍物咋翻过去？"听说新兵蛋子拉练最苦，你常常眼睛盯着天花板，彻夜无眠。

三个月后，新兵集训结束，儿子来信说，他被分配到了炊事班，当了伙头兵。他训练时紧张，扔手榴弹意外脱手，班长扑在他身上，受了轻微伤，胳膊上留了个小疤痕。

"当个伙头兵，能有什么出息？"还有，听说手榴弹爆炸威力很大，儿子真的没受伤？你焦虑不安，更加忧郁了。

本来，你上班时走近路要经过一座烈士陵园。可你不知什么时候开始，宁肯绕更远一条路，连自己也感觉匪夷所思。

无尽的牵挂，促使你决定去看儿子。你想让儿子换个工种，去当开车的运输兵。为此还装了东拼西凑了五千元的牛皮袋红包。

你与丈夫坐了一天一夜的火车，去山东济宁看望儿子。半道拐到济南，通过弟弟在另一个部队当营长的同学，去找那个退休的省军区政委，却不巧遇到政委生病到海南疗养。

寒冬腊月，北风刺骨。你站在儿子面前时，儿子正在炊事班轧煤饼，手上裂开一道道血口。儿子变黑了，脸上泛着健康的光泽；明显瘦了，但浑身肌肉也更结实了。你抚摸着儿子粗糙的手，心隐隐作痛，又一次泪光闪烁。

你找到儿子连长，连长推辞不过，却只收她亲手烙的芝麻葱油干饼，硬是坚决把红包退给你了。

你感觉很无助很绝望。临走时把红包撒给儿子，再三叮嘱他，一定要想法把红包送出去，去当驾驶兵。

源于对儿子共同的牵绊，你与老公的话题慢慢多起来，老公也渐渐对你关心超过以往好多年。

七岁时，你老家的东邻住一个虎背熊腰的壮年铁匠。胆小的你捂着耳朵躲在一边，只见壮汉左手拉呼呼作响的风箱，右手握一把铁铲不断往蹿起的火苗上送上煤块，等里面红彤彤的杂铁块几欲烧成流质时，飞快地右手换了铁钳夹将出来，右手早已变戏法似的举起一把铁锤。铿锵嘿哟，火钳左旋右转，铁锤上下翻飞，火花四溅。有时他的青壮儿子抢起大磅锤，与他的小锤形成黄金搭档，好像在演奏黄河大合唱，或是《义勇军进行曲》。

敦厚的铁砧板上躺着黑乎乎的杂铁，忍受着大小锤的打击，不曾呻吟，直到随着丢进铁盆中"嗞啦"一声响后，神奇地变成一把锋利的割麦镰刀，一柄锃光瓦亮的锄头，或是一把精巧的火钳。连最小的铁块，也蝶变成戴着小盖帽的寸把长的铁钉。

你总是想，杂铁在被敲打时身上疼不疼，好似砸在自己心上。邻家壮汉看你对打铁总是很好奇，在歇业前为你打了一柄小巧玲珑的玩具锤。一斤多重，一扎多长，你的小手握起来稍微有点吃力。学习疲倦时，你喜欢用小锤砸小石子，咚咚响亮，锤面闪光。

后来，这柄锤伴随着你以全乡第一名成绩考入县城重点高中，又伴你考入大学，直到有了工作，结婚成家。结婚那天，你把小锤悄悄装进梳妆台的小抽屉里带回了新的小家。

你细心地找来一个小盒子，把小铁锤装进去，当作包裹邮给儿子。里边附了你写的一首清代诗人郑燮的七绝《竹石》："咬定青山不放松，立根原在破岩中。千磨万击还坚劲，任尔东西南北风。"

一个月后，儿子的信回来了。他的字比当兵前写得漂亮多了，一个个排列整齐，力透纸背。"千锤万凿出深山，烈火焚烧若等闲。粉骨碎身全不怕，要留清白在人间。"诗后，有一个明显的小锤印。你心里长出了一口气，拧紧的眉毛舒展开来。

从军营锤炼三年回来，如今的儿子，拿到了部队开大卡的驾照，好像脱胎换骨，完全是另外一个人。不但肌肉结实，高大挺拔，玉树临风，而且善解人意，彬彬有礼。春节前回家探亲，两年没见，儿子又瘦又结实。高你一头多的儿子，一进门竟然给你和老公一个大大的温暖的熊抱。儿子坐下来，一边为你削好的苹果递到你嘴边，一边向你汇报自己的进步，用顺溜充满磁性的普通话。

原来，儿子利用当"伙头兵"的业余时间，拼命看书。由于训练表现突出，入了党。还由于见义勇为被表彰，立了二等功。如今又考取了军官。儿子把你的牛皮纸袋子又还给你了。里边除了五千元原封未动外，又多了儿子立功受奖的五千元。

"你是怎么做到优秀的？"你喜不自禁，心里涌起潮润与好奇。

"我们连长再次把钱退回后，每天晚上睡觉前，我盘算自己当日收获。读书两个小时，就抽出来一张压到枕头下；每做一件好事，再抽出来一张。这样，天天有收获，有进步！"儿子自豪地拍着牛皮纸袋子。他还说连长和班长都很关心他的成长。你惊喜地瞪大了眼睛。

儿子用自己在部队学到的厨艺，为你和丈夫做了一顿丰盛的晚餐。比你做得有味道，又不似饭店里菜的油腻。丈夫甚至开心地打开一瓶老酒，三人碰了两杯。儿子像个演说家，兴致勃勃地讲述部队里青春飞扬的奇闻轶事。不一会你就醉了，还做了一个甜梦。

你弟弟擦窗户玻璃，想自力更生，为侄女儿上一堂勤俭持家的劳动课，意外跌伤肋骨。儿子开车送弟弟去医院。当舅舅的本意不用他陪，让儿子坐车上等。可他规规矩矩地把车把车停到车位，非要扶着舅舅走。拍片，查结果，楼上楼下的陪检，像个女孩一样地细心照料。

"我这个外甥变化真大！我家妞长大，也要送她去当兵，锤打锤打！"弟弟高兴给她打电话。

那个喜欢与你顶牛的青涩少年，永远而去了。那一刻，你有点怅然若失。

但最后，你幸福地笑了。泪眼婆娑。你忽然觉得，这个世界真的很美好。当初的选择，是美好的一个插曲。就像那个小铁锤，真的很美。

（2018 年第 22 期《小小说选刊》，2019 年 21 期《中学生阅读》，入选 2019 陕西省中考试卷，2018 年《中国文学佳作选（小小说卷）》，上海教育出版社中小学语文阅读《语文主题学习》教材，中国微型小说学会《过目不忘：50 则进入中高考的微型小说》）

◀ 兄弟井

十八岁那年，我泪别了母亲，到了东南海岛上当兵。

我们一个班驻守的海岛巴掌大，地图上也不过是个小圆点。加上边边角角，像老家的耕田，有一百多亩，我们叫它"百亩岛"

这里一年四季光秃秃的。是个"兔不拉屎鸟不飞，人不想来难喝水"的鬼地方。

每天，除了升国旗，就是没完没了地训练，整个青春烦闷得透不过气来。我当兵是因为家穷。打小没了爹，娘拉扯我们弟兄仨，大哥二哥三十多了，连个媳妇都讨不起。原本想能学个驾驶技术啥的，回家开大卡车讨个媳妇成个家，上岛后一切愿望美梦落空。

我那时唯一的愿望是能考个军校赶紧离开这个讨厌的"鬼岛"。

班长杨刚大我两岁。家在豫西韶山脚下，与我老家洛阳相邻，仅有五十公里。他带我们这帮新兵蛋子开荒，我暗笑他的迂呆。

我们连喝的都是水泥池里沉淀的咸海水。驻岛战士由于长时间饮用，血压普遍比正常人高，有时毒辣辣的太阳一照，常会有人晕倒。与我老家甜滋滋的井泉水比，想起来就是经受一场肉体与精神双重折磨。寸草不生的荒岛上开荒，这不是做梦娶媳妇吗。

就像最新一期《解放军文艺》里那个《心愿》的作者写的小说一样。在戈壁滩当兵，想在沙漠里挖出一片绿洲，简直是痴人说梦！

班长除了操练时板着一张刀瓜脸，其他时间笑眯眯的，好像藏着什么甜蜜的心事。

一天晚上，熄灯号响过。我看书累了，尿急出恭。淡淡月光下，一个黑影匆匆闪过。紧跟几步，我发现是班长。扛个锹，往东北方向急走。

等赶过去，他已掀开一个圆形的薄石头盖子。原来，这家伙一个人在偷偷打井，已经挖了十几米了。那些挖出的土石子，被隐藏进不远处的海水里。

班长见瞒不过，对我说，以前与我一样想考个军官离开。但见战士们难得没水喝，为了稳住大家守岛的心，决定放弃军考干件"大事"。这口井是以前打了一半，因为被认为不可能出水而废弃的。他让我必须保密，万一将来打不出水就封住，也不丢人。

我说，远亲不如近邻，也算我一份。

班长眉毛打个霜样的结。你个没出息的，我一个人足够了。你好好看书，累了来临时搭把手就中。

他挖我挑，干累了我俩坐下来抽烟。我有些好奇，你怎么断定这下边有水？

班长从裤袋里摸出一张纸，用黢黑的手指给我看。上边是经度纬度纵横交错，许多听都没听过的岛名和密密麻麻的数字。你看，附近三十里这个村的水井，还有五十里外的这个水井，与咱脚下的可是一道水脉。我就不信他们有水，咱就不能有吗？

尽管班长固执得令我半信半疑，但我还是为他，也为我俩共同的"秘密"守口如瓶。半夜，我看书累了，隔三岔五就偷偷跑去帮他。我们还为究竟叫"邻居井"还是"兄弟井"争个不休。

有回干累了，我俩坐下喘口气儿。班长掏出了未婚妻的来信，不提防有张照片掉在地上。照片上，一个长刘海的俏村姑，有一对笑意盈盈的酒窝。我从未见过这么美的姑娘，一下子看呆了。

班长红着脸，你小嫂子小梅，当教师呢，俊不俊？

我一瞬间羡慕嫉妒极了，虽然不能恨。心想一辈子能讨个这样的媳妇知足了。呆呆地竟然发窘，忘了回答。

第 536 天时，井下终于见了潮。班长用裂了口子泥手捧起滴水的沙土喜极而泣，"我们终于有水啦！"我兴奋地上前拥抱他。

"危险！快躲开！"突然，头顶斜上方一块虎头那么大的石头砸下来。班长把我推开用身子护我，自己却被砸倒在地，额头上瞬间血流如注。

"班长！你不能死。你要挺住呀！"我在井下撕开临时急救包，为他包扎。

"我不行了！剩下掏井的任务交给你了！还有，这口井依你的，就叫兄弟井吧！"班长忽然间呼吸急促，血汗交加。

他摸索着掏出那张发黄的照片，"你嫂子我不放心，也托付给你了。兄弟，你一定要对她好！"

我抱着班长渐冷的身体用力点了点头。他微笑着垂下头，倒在我怀中，永远闭上了眼睛。

第二天，"兄弟井"终于出水了。我们为班长集体告别。他安详地像睡去了，脸上依然挂着一成不变的微笑。那张照片被攥在手中的血水浸得红艳艳的。泪水伴随我嘶哑的呜咽声，汪洋了我的双眼。

那一刻，闪电和雷鸣也赶着来为他送行。狂风掀起巨浪，国旗猎猎作响。

后来，我考上军校，接替了他当了班长，小梅也成了我的妻子。我们开荒后的地上种上了各种蔬菜和瓜果，还有大片大片火红的木棉花。整个"百亩岛"七彩斑斓，仿佛一个妩媚的花园。

每年的"兄弟井"庆祝日，我们都会一起在埋葬他的"百亩岛"上，为他点上一根烟，倒上三杯酒，献上时令瓜果。

一天，我从书架上随手翻到一本《解放军文艺》，《我的沙漠绿洲梦》一文，与《心愿》是同一个作者。"阳岗"的笔名异常醒目。

一道奇异的光闪过，我的眼像被蜜蜂蜇了般，瞬间灼痛了，一片模糊。

（2018年12期《百花园》，2024年4月29日《解放军报》，入选多地考题）

◀ 一人团

"我是杜团长，杀小日本鬼子！给我冲呀！"

"哎哟，我的大团长。你醒醒吧！吵死个人啦！"下铺战友用手捅了捅杜子龙的脑瓜。

杜子龙猛然惊醒，原来自己刚刚是在说梦话。如果不提醒，自己没准真冲出去梦游了。

十八岁的杜子龙是个新兵蛋子。他打小是个孤儿，跟着爷爷过活，吃村里百家饭长大。他个子小，才一米六五，胆子更小。加上吃上顿饱没下，常常食不果腹，一付柔柔弱弱的样子。性格也怯懦，见个生人说个话都哆嗦像个女孩子，脸老红。

日本鬼子血洗村庄，爷爷被刺刀捅死了。他扒个坑埋了爷爷，咬破食指写了血书，跟上部队当了八路军。

司令检阅新兵。为了鼓劲，问新兵们有什么愿望。有人说要连长，最大有人说要当营长，又好像底气不足。周边的战士一阵哄笑，下边一阵乱嚷嚷。

轮到他，"我，我，我要当团长！"杜子龙从喉咙里咕噜半天，才紧张地挤出声，引得大家哄堂大笑。

"就你个熊样，姓个杜，还想当团长？！"有战士取笑他。

"头回敬个礼还出左手，还想当团长？做梦娶媳妇吧？"还有战士揭他开始训练时"伤疤"。

"我姓杜，独立团团长，咋了？"杜子龙不服气地辩解，脖子上直爆青筋。

司令用手势止住下面的窃笑，"不想当元帅的兵不是好兵！我们要向杜子龙同志学习！"

他紧张得脑门上出了汗，阳光下脑门上映出一粒粒阳晶莹的白光。心中涌起一阵暖流，右手暗暗攥紧了拳头。

每次越野拉练后，战士们一个个累得狗喘气一般，纷纷就地倒下酣然入睡。杜子龙每次都强迫自己继续训练，俩月下来瘦是瘦了，动作干练有力。一次掰手腕居然还意外赢了虎背熊腰的大个子班长。

月上中天，寒气逼人。杜子龙伸左臂，"一营长""到！"伸右臂，"二营长""到！"出左腿，"三营长""到！"出右腿，"四营长""到！""五营长""敬礼！"

连长半夜查岗，发现杜子龙乘大家不备偷偷一个人练习军姿，做着动作，自问自答。最后那个标准的军礼孔武有力，连长虽然口中批评他溜岗私练，心中还是竖起大拇指。

团里杜团长来做战前动员。训话结束休息，有战友逗杜子龙，"人家可是正宗的杜团长，你这假把式杜团长见了真的，是不是要变回六耳猕猴王了？哈哈！"

杜团长听到战士们说杜子龙跟他一个姓，开心地拉杜子龙坐石头上一块唠嗑。一问，嘿，两人邻村，祖上一家子。论辈分他高一辈，团长管他叫叔呢。

"叔呀，咱叔侄俩打仗要学长板坡赵子龙！"一家子团长平易近人，令他心潮澎湃。

三场战斗下来，日本鬼子装备好，火力猛，战士们虽然猛打猛冲，但伤亡很大，减员严重，仅剩下不到一个营兵力。有人想拉杜子龙开溜，"我爷爷仇还没报呢？！"杜子龙咬牙切齿。

最后一场是场凶多吉少的阻击战。杜团长带剩下的一个营要掩护主力部队开赴前线，面对一个旅的日本鬼子的攻击。敌人火炮轮番地毯式轰炸，战士们杀红了眼，虽然只剩十几个人，还是消灭了敌人两个团。

杜子龙目睹那个在他下铺的兄弟，被一发炮弹击穿头部，两腿被炸断，血肉横飞。他疯了似的呼嚎，再也唤不醒他。又一发炮弹在他身边不远处爆炸，那一刻他真想被炮弹掀起的尘土掩埋，也好落个幸福的全尸。他飞速捂可上扑倒，他爷爷的仇没报，他不能这么窝囊地死去。

又坚守阵地一个小时，敌人只有一个团了，可阵地上仅有杜团长和他两人了。杜团长说，叔你还年轻，我掩护你撤吧。杜子龙说，侄儿，我可是叔呢，要撤你撤。坚决不同意走。

杜团长命令他去找弹药，故意支走他。等他背来弹药回来，杜团长，身上全是子弹击穿的血窟窿，临死还瞪着愤怒的眼睛。杜子龙血脉偾张，一股热流涌上眼窝，他上前用手轻轻抚合团长的眼睛。

步话机里在呼叫，"你们情况怎么样？请务必坚守阵地，掩护兄弟部队战略大转移！"

"我是杜团长，请首长放心，人在阵地在！"杜子龙抓起话筒话刚说完，一颗子弹从侧面射穿了他的双眼，瞬间血肉模糊，他什么也看不见了。

"一营长""到！""二营长""到！""三营长""到！""四营长""到！"

寂静可怕的口号声振聋发聩，响遏行云。吓得围上来的日本鬼子以为八路军有援兵到了，来了大部队。好半天不敢轻举妄动，只能匍匐前进。

有个胆大的鬼子侦察兵爬近前，但见前方五十米一个血人，边伸臂出腿边喊，声嘶力竭。

原来是一个人！鬼子狞笑一声，连声喊后边的日本鬼子向杜子龙形成包围圈。

"爷爷，侄儿，杜子龙为你们报仇啦！"全身挂满子弹腰缠手榴弹的杜子龙喊，一边拉响手榴弹引环，像一匹下山猛虎向鬼子兵群冲去。

（2019年6月19日《三门峡日报》，2020年24期《微型小说选刊》，入选《世纪微小说100篇》和《纪念中国共产党一百周年微小说精选》，2021年普通高等学校全国统一模拟试题）

◀ 我是一个兵

战友刘局长退休后，人缘居然比在任时还火得不要不要的，天天乐乐和和。一点也没有有的退休干部下台后的心理反差。

与别人的门可罗雀相比，他家门庭若市。而且，来来往往的不仅有战友，同事，更多的是素不相识的普通百姓。

刘局长在部队上当连长时，部队调防前线作战，他总是第一个冲在最前。一次，他去巡查一个新兵班，为战士们做战前动员。卫生员说，夜里内急出恭，回来后急救箱中丢了 6 片致过敏药。战斗在即，班长铁青着脸挥着枪骂娘，说查出哪个胆小鬼偷的，按临阵脱逃军法处置。且不说军令如山，光一个胆小鬼的名声被遣返原籍，祖宗八辈人脸都丢光了，这辈子都抬不起头。究竟是谁干的？谁都像谁又都不像。十几个新兵一个个噤若寒蝉，忐忑不安。

刘连长示意班长少安毋躁，把班长叫一边耳语："想当初，咱俩也从新兵蛋过来的！"他让临时指挥办的人都出去，然后对大家说"想查一查一个准！但我得对每个兄弟和你们的家人负责！我也是从你们新兵过来的，第一回上战场胆怯也很正常。今天大家要珍惜改过机会。每个人进指挥办一下，拿了药片的放在办公桌上再出来。咱既往不咎！"。

6片致敏药整齐地放在了办公室桌上。这个班的新兵一个个英勇杀敌，拿了药片的三个战士尤其表现勇敢，成了战斗英雄，没有一个孬种。

升了团长后，他一次参加团部例行工作会。有位士官带病坚持工作，猝死在工作岗位上。军报记者和团宣传干事熬了通宵，写好了英雄事迹报道：加班是常态，母亲病危不回家，爱人临产把休假让给战友。渲染煽情，感人泪下，准备发通稿在全军上下宣传。团参谋长和政委看过，也签字了，就等他签字发稿了。他仔细看过后，语重心长地说，追认烈士和其他抚恤家属善后工作一定要做好，宣传就不必了。

"我们经常说要爱民如子，就不能放口头上，搞形式主义！不能强调士兵的责任，而忽略他们的权利。人心都是肉长的，他们也是为人子女和丈夫，为人父母的。除非战时需要，我们也要换位思考，让他们工作之余，该休假休假，享受与家人团聚的美好时光！"他泪流满面，"对于逝者，我们在座的也有责任，深感愧疚！"

他以团部名义向军部提议，最终在全军推行：三种情况必须及时请假回家——父母生病临终时、妻子生子临产时、孩子升学临考时，只有没有打仗任务和确实离不开的特殊任务，都必须及时请假回家。对于父母生病不回家、妻子生产不照顾、家庭有难不帮助的个别官兵，不但不表扬、不宣扬，而且还要对他的真实品德进行考察。

半年后，团部收到了许多父母感谢信，对部队培养出有孝心子女表示感谢；因为夫妻长期军地分居，由女方提出离婚的案件从此绝迹；一些部队子女大学毕业，毫不犹豫子承父业，主动投笔从戎。该团在各项军事比武大赛中屡屡夺冠，所向无敌。

刘团长转业后，当了地方主管交警的副局长。一次，他去交警队调研。正遇见交警队长正在处理一批违章。队长正要签批时，他拦住了。

"且慢，这个违章不能签！"他带着队长去违章处理室，现场调取查看一个违章记录。

其中画面上，一个年迈的老太太拄着拐杖过斑马线。宝马过去了，奔驰也过去了，后边其他车辆也视而不见，连续飞过去了好几辆车。老太太颤颤巍巍，惊惧交加，不敢前行。第二车道的一辆面包车早已停下观察，等老太太过马路。司机实在忍不住了，往左急打方向将车斜横着压线停下，扶老太太过了马路。

原来，他当天开车下乡，正巧在后边看到了这感人一幕。

"为了行人安全而无奈出现这样的违章，我们难道要等做好事者自己来申诉，撤销处理吗？"他严肃地说，"我们要人性化执法，不能当老好人，更不能当机器人。不能让好人做了好事，流血流汗再流泪！"

他指着荣誉室的一排排奖杯，激动地说"再多的奖杯，也换不来老百姓的好口碑！"

结果，当天又从监控视频中消除了五起类似违章。有的是躲避救护车、校长和消防车而压线违章，有的是追赶作案小偷的违章。

从此，他为处理违章的交警立规：凡是见义勇为做好事，不得已而出现的交通违章行为，一律不准处罚。另外，对不礼让行人的不文明行为和违章坚决查处。

你也许很想知道我为什么了解刘局长这么多。其实，我就是当初拿了两片药的那个新兵蛋子。

这不，这会儿我正掂了两瓶二锅头，去我战友刘团长家等他亲手做的下酒菜呢。（2018.12《军事故事会》，入选多地考题）

◀ 高原红

作为团部宣传干事，我被抽调到军史编辑小组。工作任务是整理资料，在八一节前出一本军志。本来一切都挺顺，遇到一位牺牲的英烈高山，卡了壳。

高山，阿里守边战士，只有一张照片。稚气未脱，咧嘴笑着。黝黑的脸蛋上泊着红圆圈，那是西藏军人高原反应后共同的颜色。

我找到了当时参与救援的战友方向。

方向说，我听说高山为陷入悬崖边雪坑的汽车脱困，不幸意外坠落，当场牺牲的。

去年冬天，高山班长带队巡逻，天快擦黑时，天陡降鹅毛大雪，路遇一辆乘坐十几人的车陷入雪坑。他让副班长带队返回。自己留下来帮助司机脱困。

接到突遇险情，我们和医护急救人员赶去，高山已经被两根树枝扎成的简易担架抬上来了。脸色青紫，瞳孔放大，连气息都弱到听不清了，除了口袋里一张新婚夫妻合影照片，连一句话也没留。话没说完，眼圈红了。

联系到了驾驶员，他说，那天黄昏，车的右面后轮陷进一个土坑，高低出不来了。车重才能增加摩擦力，全车人不能下车。天气越来越冷，车里的老人和孩子受不了。下来几个人推车也纹丝不动，那个执勤的高班长主动留下来帮我们脱困。他让我挂一挡，稳住油门，他在轮胎后面推车。右倒车镜里，雪和泥水见了他一身一脸。大约坚持了十几分钟，终于，汽车脱困成功。可是他却不幸意外摔下十几米高的悬崖。

没有人知道他的名字，后来才知道那天正是他复员回家，将和妻子团聚的最后一班岗。

"我后悔自己当初……"驾驶员明显哽咽了。

汽车、火车、中巴车，几经辗转，我见到了高原的妻子原青。

原青说，我打小喜欢红颜色。家乡果园的苹果红，天安门前飘扬的国旗红。所以，我初次见到高山哥脸蛋上的高原红，感觉特别亲切。

结婚 5 年我们只见过三次面。本来他属于晚婚，有 10 天结婚假期，可是部队临时通知有紧急任务，只过了三天蜜月就返程了。前年我去看他，半途遇到雪崩，无奈只能选择返回。

高山留给我们娘儿俩的只有这一摞书信。最后一封信，说不论男孩女孩，都叫高原红。高山说，那是我们俩名字的组合，也有家乡苹果的颜色和味道。

"我喊起来会想念高原的高山，他叫起来会思念我和家乡……"原青泣不成声，怀里的女儿哇哇地哭起来。

我联系当初第一时间采访报道的记者凌云。凌云说，那是我今生唯一一次失败的采访。原青是我爸战友的女儿，当初原青征兵志愿者服务，看到高山脸上高原红照片，心里就喜欢上了。后来，鸿雁传书，两人喜结良缘。

谁知道，结婚第五年，要转业回家，一家人盼着团聚呢。却等来他为救一车人牺牲消息。

他也不管家中尚有七十岁的老爹老娘，还有原青和腹中尚未见上一面的宝宝。那是多么漫长绝望的等待啊。

可是，当我采访时，高山老爹说，"高山娃儿活得值啊一个人换十六条人命。"其他啥也不肯说。

原青捂着大肚子，不敢大声哭，怕伤了胎气。也学高山老爹，说，"救人命，都是应该的……"

结果，我的采访一无所获。没有宣传好，我很惭愧，也很内疚。

在"高原红"军人展览馆，我见到了退役保障局局长。局长说，高山同志牺牲十年，我们县政府获准接烈士遗骨还乡，安放烈士陵园。万人空巷，自发迎接专机到来。一束束鲜花，一声声鸣炮，一个个英姿飒爽的标准军礼，一双双泪眼婆娑在街道两旁，那是新中国成立以来全县规格最高的集体祭奠。

"我们收到了 20 多万捐款，可是原青一家拒收。让我们代捐给县里仅存的九名抗美援朝老军人和烈士遗属……"

随着他的手势，我仔细观看展馆玻璃下高山和原青的放大照片。穿着军装的高山英气逼人，红裙子的原青羞赧地笑。高原脸上的高原红映着原青的红脸庞，喜气洋洋。

那张照片是记者凌云拍摄的，也是展馆56位英烈遗照中留下最少的。

望着照片上火红的高原红，我庄重地敬了一个军礼。

（2024年第2期《小说月刊》，2024年4月29日《解放军报》，2024年第4期《小小说选刊》，2024年第6期《意林》，2024年10月24日《河南法治报》，入选多地考题）

◀ 罗汉桥

"同志，这里不能拍照，请你配合！"身后一个浑厚的男中音在耳边炸响。

猛回头，一个穿着没有肩章老式军衣的中年向我立正，敬个标准的军礼。

我下意识抬下右臂想还个军礼，犹豫一下又放下了。

上回坐高铁坐北侧车窗位，穿越川藏线两座山之间一瞬间，我发现相距百米远的怒江上飞起一道老式水泥桥，气势如虹。可刚刚举起相机，桥影一闪而过，早没影子了。我好不容易专程徒步逮着拍摄机会，刚蹲下举起镜头，却被这个黑脸中年人阻挡。

在兵营当宣传干事锤炼多年，转业后退休，我的业余摄影爱好从未丢弃。我的鸟巢系列、窑洞系列和高速壁上的自然草画系列独辟蹊径，亮眼惊艳，屡屡斩获国内外大奖。刚开始的桥系列作品完成多部，祖国天南海北的名桥被逐一定格，连千亿港珠澳跨海大桥，也成了我的夺冠之作。

"哎，同志，这里不许拍照。请你配合。"我好容易望见对岸一个山角绝佳位置，又被一名银霜染鬓的老人阻止。

我想问为什么，可老人把脸扭向一边，欲言又止。目光悲戚，眼角似有泪光，双肩似乎有些儿抖。只好悻悻而返。

回到县城，手机和上什么也没搜到，我到图书馆查找资料。上面标明：罗汉桥，建于1953年，宽16米，长800米，怒江唯一连接外地的咽喉之地，我国为数不多的人工桥之一。

上县志办问讯，除了多个"又名战士桥"的注解，其他并无详细记载。只好抱着最后一线希望跑档案馆去查，却也无更多线索。正郁闷欲出门，一位临近退休将要下班的老档案员用目光示意我坐下，为我讲述了罗汉桥的故事。

建国伊始，百废待兴。国道川藏线怒江上需要能够行驶大型货车的战备桥。最初本有苏联专家参与，但不久突然撤回，西南军区驻军某排临危受命，挑起这一危险而紧急的重担。

"大干苦干一年，保证完成任务！"排长罗忠诚带领全排十八名战士在誓师动员会上，庄严地举起右臂，齐齐刷刷地。

这是一场和平时期没有硝烟的战争，刚刚经历过战火洗礼的战士们，用凝结汗水和鲜血的青涩青春之躯，光着膀子咬紧牙关，一天当作两天用，拼命地干。

没有任何经验可供借鉴，唯一的选择是吃自己的饭，流自己的汗，自己的事情自己干。

战士们只能用最原始的方法，以蛮荒之力，用凿子凿，手抬肩扛来完成打夯固基，围梁浇墩和对接合笼。衣不解带，不舍昼夜，被汗水擦洗的口号声异常响亮，整齐划一，冲天响。

一个烈日当空的中午，毒辣的太阳白花花地刺下来。战士们一个个汗流浃背，挥汗如雨。十九岁的洛阳籍小战士李爱军，因为又饿又累。他在连续背完 5 吨水泥后，又解开一袋水泥口，从背后肩上往下倒水泥时，一不小心掉入被正在搅拌凝固的水泥柱中。水泥凝固的时间极短，而且正在紧急修建大桥桥墩的情况下，前去搭救，非但救回希望渺茫，于事无补，还会造成更大不必要的损失，碍于条件的限制，战士们对此无能为力，爱莫能助。

"起来，不愿做奴隶的人们……"李爱军在灰黑色水泥泥浆中缓缓招手，示意大家继续架桥。那一刻，即将结束青春的生命向世界无奈告别，他的目光冷静镇定，嘴角甚至还挂着一丝微笑。

在周围战友的泪水中，声嘶力竭绝望的呼喊声中，小战士的血肉之躯，缓缓化身桥下凝固的桥墩。

"把我们的血肉筑成我们新的长城……"战友们含泪的悲壮歌声，响遏行云。

后来，随着建桥减员，陆续补充了几位援建战士。但是，临近完工，一个建制排十八名战士，全部壮烈牺牲在了这座大桥上。

经过千难万险 8 个月的浴血奋战，战士们提前四个月保质保量，大桥顺利建成通车。

怒江上终于拥有了有史以来第一座大桥。

罗忠诚在行将完工之际，任命为连长即将调任的那个子夜，眼望着奔流咆哮不息的怒江，想起小老乡李爱军，昔日并肩作战生死相依的战友，一个个倒下年轻的生命，他不愿独自苟活，对着怒江大桥行了一个标准的军礼，转身投入怒江滚滚洪流。毫不犹豫。

十八个战士的身体，铸成十八个桥墩，像天上的十八个罗汉，化身为生命之桥，挺胸而立于怒江之上。

重修时，战士李爱军牺牲时的桥墩被完整保留。

罗汉桥在建成通车之后，一直为武警24小时守护，直到近年通了高铁才撤岗。不仅仅是由于这座桥的战略位置重要，更重要的是这座桥是一个个鲜活生命独特挺立的符号。从此，不许游客拍照成为一种不约而导的惯例被保留下来了。

可是，仍然偶尔会有不知情的游客在桥上大声喧哗、驻足拍照、无故逗留。

直到后来，来了两个志愿者义务看管罗汉桥。

"你遇到的中年汉子是排长罗忠诚的儿子，老人是战士李爱军的父亲。"老档案员欣慰中透着感激的一笑。

我再次回到罗汉桥，只带了一瓶酒。三杯酒斟满，在阳光下溢满碎金般的光芒，顺着生命桥，倾入汹涌澎湃的怒江。江面上立刻神奇地出现一个巨大的漩涡，仿佛战士们的眼睛，久久不肯离去。

临别，我疾步退后，弯腰三鞠躬。我举起右手向长眠于桥下未曾见面的战友，也向这对守桥的"志愿兵"，庄重地行个标准的军礼。

（2020年4月9日《河南工人日报》）

◀ 橄榄色的挥舞

这是一场盛况空前的国际足球赛，虽然暴雨过后的场馆内还飘着毛毛细雨，能够容纳 6 万观众的圆形大看台上座无虚席，人人都争观中国足球队与国际明星联队的一场鏖战。

他的心情有点忐忑。如果不是正好遇上执勤，他一定会坐在观众席前台一饱眼福。他假装镇静地弹了一下原本就十分洁净的警服，抑制住有些急促的呼吸，球迷们的呐喊声分明告诉他对方进球了，他懊丧地猛一回头，球迷们的动作再一次验证了他的猜测。

为了能争取在看台走廊上执勤，他求了局领导好几次，担任大赛安全保卫的警卫组长李副局长一脸肃容：不行，这种大赛谁也不能"开口子"。他只好沉默地走开，作为警察，服从命令是天职。前不久，由于主看台上几个民警脱岗，中国队输了球后，疯狂的球迷从看台上涌出，掀翻了两辆奔驰轿车，造成了恶劣的国际影响。

他不是以一名普通球迷的身份来关注这场赛事的。他是为一个像自己一样高大熟悉的影子担心。记忆中的影子越来越清晰，那是弟弟国强在绿茵场上纵横驰骋的矫健英姿。

5年前，他和弟弟以优异的成绩双双入选省足球队，但不久由于家庭的变故，他不得不离开心爱的足球场而参了军。3年的军旅生涯里，他挤出每月的津贴寄给省队效力的弟弟。弟弟国强没有辜负他的厚望，在国内甲A联赛中屡战屡胜，脱颖而出，直到去年被录入国家队。几年中，他和国强通过许多次信和电话，以自己的经验来告诫弟弟要戒骄戒躁。转业到京城后，他时时刻刻关注着弟弟的成长与进步，平时工作再忙再累，他都要看有弟弟参赛的电视录像。

"呜，呜啦啦……"又一阵喝倒彩声把他从回忆中拽出。

"开场第十分钟，国际明星队再次攻入一球……"解说员的声音里失去了往日的乐观与自信。国强肯定发挥失常，他担心这场该死的雨造成了弟弟的心理障碍。童年时，国强一次在雷电交加的荒野大树下遭电击受到惊吓，感冒发烧持续了两周后，留下了惧怕电闪雷鸣的后遗症，这种担心又加深了他的焦躁不安。

2∶0的上半场比分，使中场休息的气氛显得沉闷而难堪。他望着进进出出的球迷茫然无措。下半场比赛很快又开始了。

"球赛暂停5分钟，中国足球队主力队员国强被对方5号撞伤，主教练可能考虑重新换人……"讲解员焦灼的声音在他背后炸响。他猛然转身离开值勤岗位，大步穿过走廊和过道，直往观众前台。摔伤的国强满脸淌汗，似乎有血从额头渗出，有两名队员架着他，一辆特制救护车正往场中疾驰。

"国强，顶住！"他洪亮的声音在一片唏嘘的观众场中回荡。奇异的场面出现了：国强突然转身，离开救护车，挥舞双手像一匹脱缰的野马奔跑起来。一瞬间，球迷们喝彩声、掌声和挥动国旗的呼啦声连在一起。

重新站起的国强在接到队友的妙传后终于力拔头筹，为中国队首开记录。欢呼声一浪高过一浪。当球迷们还沉浸在刚刚得球的喜悦中时，国强又梅开二度，将比分扳平。

他看到向他迎面奔跑的弟弟国强泪水和汗水交织的脸。"哀兵必胜！"他在心里喃喃自语。

"再来一个，再来一个……"随着他的一声猛喝，体育场内立刻汇成一股洪流。他情不自禁地脱掉了警服在手中拼命挥动，清新的橄榄绿在漫天飞舞的国旗红的观众看台上异常醒目。他的举动点燃了观众们的热情。随即，看台上的观众举起如林的手臂纷纷站起来，球迷们的呐喊如汹涌的浪潮，场面煞是壮观。

"国强，中国队的国强，在终场前一分钟射入了今天的第三个球，掀起了又一个高潮……"播音员的声音里溢满了自豪。

他揉了一下濡湿的眼睛，阔步走出欢乐的人群，走向自己的岗位。泪眼迷离中，他分明看见一向不苟言笑的李副局长正站在一边高声呐喊，为中国队鼓掌喝彩。李副局长一回身看见了他，猝不及防地给了他一个结实的拥抱，他的内心瞬间涌起一股暖流。

（2018 年 7 月 11 日《郑州日报》）

第二辑

真情隽永

◀ 爱情保险

　　我是一个风姿绰约的女人，由于对爱情的期望值很高，一直渴望找到彼此终生不渝的爱携手到老。骨子里与生俱来的清高使我对于那些帅哥大款的追求无动于衷，年近而立却形单影只。

　　我不是白领，我在国内一家保险公司做小业务员，国外保险公司的冲击使我这个行业很不景气。我的收入除了房租和生活经常捉襟见肘。可是我怡然自得单身贵族之乐，幻想有朝一日邂逅美丽浪漫的爱情。

　　一天，我无意浏览一份报纸，有一则广告吸引了我："加盟爱情保险，包你不赔只赚！"我正想再兼一份职为即将到来的爱情来一次物质包装，于是毫不犹豫地拨打了招聘电话。没有料到，接待我的老总居然是我以前的一个追求者，他风度翩翩地解释说，目前他拥有过亿的资产，在国内外有9位彼此公开的情人，每个都为她生了孩子。可是他一直为没有追求到我的失败而羞愧，就设想开这个爱情保险公司来找到我。

　　他提出的条件很简单：给我5年时间做他的业务员，每拉到一对客户利润二五分成。他保证对每对客户都是零理赔。如果有一对需要理赔他会给我1000万，并且保证不再追我。否则我就要做他永远的情人。出于对我们非常注重传统的国家人们的爱情的信任，我当即答应了他。为了验证自己的选择是否正确，我找到几个十分要好的朋友，他们从梁祝花蝶到现代版的"两只蝴蝶"的时尚爱情论谈使我更加笃定能赢得自信。

我的第一个客户是一对青梅竹马的恋人。两人从小青梅竹马两小无猜，从同学同桌到牵手婚姻的红地毯，他们几乎没有红过一次脸，让周围的人们艳羡不已。他们原来大学毕业以后都在机关工作，嫌公务员薪水低双双辞职下海，现在两人都有了各自颇有名气的大公司。他们入的是一保额为100万元的10年期的爱情保险，按照公司规定，如果过了10年他们仍然相爱，公司就要赔偿他们100万元，反之他们交的100万就要给公司。当时我很看好这份保单，一度觉得自己胜券在握，还提前在咖啡屋为自己庆贺了一番。

可是不到一个月，男的开了自己的林肯轿车找到我，说要为自己入一份上千万的保险，可是他填受益人的名字居然不是她，他要求为他保密，我感到很吃惊。不到一周，他的她开一辆翡翠色宝马约我到一家高档的酒店，也要为自己购买一份数目不菲的保单，当然受益人也不是他。尽管我靠这两份大额保单有了较高的收入，我的心情仍然很糟糕。因为这意味着我在我的经理面前遭遇到第一次失败。

我十分不甘心，就约了"林肯"想知道其中的原因。他解释是因为双方都很要强，谁也不肯为对方放弃自己的事业。他通过"玫瑰之约"找到了自己的另一半，他忿忿不平地说其实并不怪他，由于在他之前，她已经和自己的司机好上了。那天他喝了很多酒，最后说其实世界上哪儿有长久的爱情啊！我们35年了，结婚也已8年过了"七年之痒"的危险期，到头不还是一场同床异梦。我当即毫不客气地用各种事实和理由反驳，他都坚持自己的正确。还打赌说，不信他可以介绍他原来的街坊邻居，一对生活了40年的穷困夫妻入我的保险，保险不出一年都得散伙。

他这样帮助我拉到我的第二个客户。他先是打出租找到居住在一个破旧工棚的老邻居，借了5元打车费。第二天就开车为邻居送去100万元，说他靠他的5元钱购买彩票中头等大奖了。邻居夫妻看到钱眼里亮闪闪的，说要分一些给他，他说不需要，只要求他们为自己在我这里入一份10万元的爱情保险。我接待他们时在语言和心底都默默地祝福他们白头偕老。我甚至说这钱我先替你们保管好，过了10年期限我会按照承诺退给他们，并且再给他们10万。两位老人笑着说，谢谢你。我们都过了40年了，一定能够坚持到底的，这么大的保险，一定会的。他们的信誓旦旦，使我根本不相信"夫妻本是同林鸟，大难临时各自飞"能成为我第二个客户的谶语。

可是我竟然又输了，不到3个月就听到两人去法院离婚的消息。原来他介绍的邻居自从有了钱，迷上了赌博，输了50万，又多次嫖娼被老婆带钱去交罚金。本来怕街坊笑话，他们这对模范夫妻是要到民政局协议离婚的，可老婆觉得自己是受害方，要对方多赔偿自己损失，最后就见了官司。

在我就要对自己的爱情保险感到绝望的时候，我等来了我的第三个客户。他们是仅仅通过1.5个小时的网恋而相约结婚的，据说已经申报了最短的爱情世界吉尼斯纪录并且成功。我对他们很失望，举了前面 2 个例子说他们经济并不宽裕，最好不要因为一时冲动而丢掉这 10 万元，毕竟不是一笔小数目呢？可他们不听我的劝阻，还说人家美国都是先结婚后恋爱，婚姻专家都论证过了，这样的爱情才是最最稳定的。关键我们钱不多，要不别说 10 年，要有更长的赔偿费率更高的我们就入 100 万，来一场爱情百年马拉松，那个时候又会有一个新的爱情世界吉尼斯纪录诞生。事不过三，经历两次失败我已经看破红尘，我对我的第三个客户的爱情并不抱乐观态度。果不其然，热恋半年，两人便形同陌路分道扬镳了。

难道有钱能使鬼磨推？我怀疑爱情保险一开始就是一场骗局。我不甘心这样的失败，花了一大笔钱雇佣一家著名的信誉度很高的私人侦探公司开展调查，可是一无所获，我的保险公司在开展自己业务之前已经按照相关规定在银行存进可以开业的风险保证金。

"为什么最后受伤的人总是我？"记得在他们最后分手的时候都这样对对方说。"谁还会为自己的爱情买单？"我这个爱情唯美主义者独自站在冰冷的雪夜诘责。

怀着无奈，我放弃了保险公司我应该得到的 70 万薪水，开始在茫茫人海中寻找那一份缥缈无期的爱情。

也许天堂里有保险的爱情在等着我。

（2018 年第 7 期《百花园》，2019 年第 4 期《微型小说选刊》）

◀ 冬天的敌人

冬天出生在冬天。冬天是孤儿，打小吃百家饭，雪天，他把从乡亲们捐的各种花红柳绿衣物，厚厚地裹在身上，只露着双怯怯的眼。

除了冷，冬天目中无人。一双黑乎乎的光脚，让他在全校五百多双鞋子面前，异常扎眼。

谁见过光脚还怕穿鞋的？但冷穿不穿鞋，冬天都怕。

冷的父亲是村委会主任，学校校长都归他管。班主任春花虽然知道冷的成绩不如冬天，还是猜到校长的心思，让冷当了班长。冬天学习又勤奋又好，也只能当学习委员。班主任的话就是民主，不用给冬天解释。

冷长得比冬天白，一副奶油小生的模样，有点娘娘腔。但也挡不住男女同学对他的讨好和媚俗，尤其是冬天心仪已久的冰，那个名字与某著名影星相同的美女班花，非要坐冷的同桌。在冬天眼里，冷与冰又成为他的一对冤家。他们讨论个数学题，简直就是秀恩爱。

虽然冷很幽默。一次，春花课堂上让大家举手解释成语"出生入死"，冷第一个站起来笑着说，"形容一个人命短，刚刚生下来就死了！"引起哄堂大笑和冰粉们的明眸善睐。

这样卖弄就是无知，冬天不屑一顾。他在心中咒骂了冷 N 次，问候了冷他爹 N+1 次，也不解恨。

他甚至做梦都像一名将军，让手下士兵给冷五花大绑，然后自己亲手拎起冲锋枪，对准冷的脑袋突突突。子弹像笑声一样没有尾巴。

冬天没有选择，除了努力。考大学时，冬天在全县名列前茅，但由于嫌重点学费高，最终在乡邻们你挤我凑的资助下，上了所普通一本；而冷成绩中游，走了所一般的重点。

这不是重点。重点是冬天暗恋的冰也追着冷去了，把冬天的心也带跑了。冬天只能在心中又突突突了一梭子。

毕业时，冬天尽管有机会进带着权把子的机关，但他穷怕了，最后选择进了县里一家国企。冷与冰不出冬天预料，双双进了县委机关。

可是，没多久，冷看中了县长家的千金莹，长相清秀不输冰。冷把冰甩了，不久还当上了乡长。

冰梨花带雨来找冬天，冬天的心软塌塌的。他奇怪，原来一直都为她预留着位置，用宽厚的肩膀接纳了冰。

冷像摆脱不了的噩梦，在冬天崎岖的跋涉路上使绊。冬天的心隐隐地痛加恨，脑子里又过了把机枪瘾，直到冷全身一片血红。

冰离开了机关，避开冰，改行当了教师。

冷居然还恬不知耻地求冬天为他代写一篇论文，冬天隐忍着虽没有拒绝，但表示没有下次。

冷和莹婚后调到市里发展。冬天为了冰的职称，两人去请冷两口吃饭。为了生计去求敌人，冬天的心更冷了。当然，冬天的光洁无皱纹的脸和紧致的小腹，让他显得年轻儒雅。而冷久经官场的抬头纹和满肚子酒精的大腹便便，让他显得老态龙钟。而且，饭后K歌，冬天的歌唱得出奇的好，浑厚的男中音符极具穿透力。连莹都被征服了，光与影的迷离中，莹温柔地注视着冬天。那一刻，冬天不再怕冷，甚至一丝不易察觉的得意涌上心头。

莹与冬天加了微信。半夜里，她抱怨冷对权把子的贪婪和见异思迁的花心，还多了几分倾诉。还温情地主动私约他一同周末出游。再顽固的敌人堡垒，也容易从内部攻破。冬天记起下属部门两位老乡，因为互相妒才忌能而动了刀，一伤一刑，他为新进员工讲述鹬蚌相争的故事，那种恨铁不成钢的出离愤怒。

冬天温暖的念头升起来，但他又像掐烟头一样，把他灭了。他激动地紧搂一下甜梦中的冰，差点儿把冰弄醒。

冬天靠实绩升任副总后的一天，意外接到莹的电话。当了副市长的冷出车祸了。冷在周末私下与下属美女局长幽会，在高速上撞上涵洞外的隧道墙，双双殒命。冬天到现场时，冷脑浆迸裂，与他多冷梦中突突突的场面结果一样。

冬天很奇怪，生活中有时间也冒出宿命。他猛然想起小时候冷说出"出生入死"的笑话，那好像一道应验的魔咒。

冬天在一个多月里多次奔波，帮柔弱无助的莹处理了后事。

最大限度地争取了保险理赔，降低了各种负面影响。莹对冬天感佩不已，望他的眼神温情脉脉。

埋葬了冷，冬天心力交瘁，在宾馆里酣眠。半夜醒来，睡眼蒙眬中。他见冰肤玉肌的莹，站在床前楚楚可怜，几乎一丝不挂，满是感激的目光妩媚动人。他痴痴地望了十几秒，脑子里一片空白。

电视里正播放一条突发新闻。邻市一位坐过公交站的女乘客，因在台前拳击司机，司机还手车辆失控，争执五分钟竟无一人制止，造成全车三十条生命为他俩陪葬，无一生还。冬天用大拇指甲盖掐疼了自己手心，浑身一个激灵。猛然起身为莹披上睡衣，抓起自己衣服勿乱穿上，跑出房间。

驱车回家，冬天开着车窗。大风灌入车里嗖嗖作响，他却浑身燥热，一点儿也没觉得多冷。家里的窗户透出温馨的灯光，冰没有睡，一直在等他，身子比火炉还热。

（2019 年 4 月 5 日《河源日报》）

◀ 夏　天

夏天出生在夏天。夏天繁华似锦，他自然喜欢。有人说他自恋，他笑辩，自恋是自信的开始，成功的一半。

夏天对爱情的追求完美。理想状态的恋人，与他互相倾情，引为知己。因而他对处于同时代的夏天女孩不屑一顾，转而追求秋天。秋天像中秋的月亮是丰腴明媚的，有一种成熟的果香。

可是，当夏天穿着得体的蓝西服，捧着扎烂了手采摘的一大束火红的玫瑰花，在校园里当众单膝跪地，秋天却用一句"抱歉"打发了他，转身投入冬天的怀抱。夏天的心瞬间如丢弃的玫瑰花瓣，满地狼藉。

秋天不喜欢夏天这种单纯的姐弟恋，她喜欢成熟后冷峻思考的冬天。白雪的岑寂，冰冷的如哲人的男人冬天更令她痴迷。

而冬天却奇怪地喜欢上了春天，那种蓬勃的小清新，让他天天心里有小鹿在冲撞，那是一种人生得意须尽欢的惬意。他甚至对投怀送抱的秋天视若无睹，始乱终弃，他鄙夷地扔给肚子渐渐隆起的秋天一千元，扭头把一腔热情献给了春天。

剃头挑一头热式的单恋多如牛毛。春天却仿佛冥冥之中的轮回，她依然决定把自己的青涩交给夏天。夏天郁闷了，酒后揪扯了头发纠结，他想不到这转了一圈的情感回归令人如此迷茫。

如果报复秋天，他接受了春天也等于让秋天，甚至是他的情敌冬天难堪。但他追求完美，冷冷推开了春天伸出欲牵的纤纤玉手。

夏天把世界上的爱归了类：你爱我我也爱你，那是一种和谐美满的理想境界，可遇不可求且千载难逢；我爱你你不爱我，如他与秋天；你爱我我不爱你，如春天之于冬天。

最后一种他实在不想再罗列：你不爱我我也不爱你，人生还活个什么劲儿？

时光是把无情刀。当身边同学同事一个个结婚，升级奶爸，唯有他形单影只。每天心似冬天的白杨树，光秃秃空落落的。

无可奈何，在父母的催促下，夏天终究还是找了一个同样落单的夏天女孩，匆匆忙忙步入围城。

这是一个什么样的城呀？属相不合，性格不合，三观不合，天天针尖对麦芒，鸡飞狗跳。大吵三六九，小吵天天有，每日度日如年。

一度，一次大闹之后，夏天恋上一个自认对的，时间错了的女孩。小他一轮，一米六八的俏身姿与玉树临风的他几乎是绝配。而且性情温柔，小鸟依人。她的老公大男人思想严重，忙着喝酒炒股忽略了自己，她才在夏天身上寻找别样的温暖。

如胶似漆的缠绵悱恻，恨不得天天待在一起。顶着世俗偷来的快感真的好幸福，令人痴迷。夏天一度庆幸一生遇见了知己，哪怕是暗无天日的私恋也值得一生为之珍惜。不虞，那个他认为的知己却又遇到了所谓的真命天子，她决绝离去的身影，让夏天的心口插上一把刀，他甚至听到自己血流汩汩的声音。那一刻，他眼前一黑，差点儿倒下，一兵希望从此长眠不醒。

夏天酩酊大醉之后写下《失眠》祭奠逝去的爱情："今夜 / 我不敢睡去 / 我怕我会作梦 / 会作梦我也不怕 / 怕只怕梦里 / 没有你的影子 / 我担心我睡去 / 再也不会 / 在你明眸善睐的白昼 / 醒来 / 因为你 / 一转身的距离 / 如果不再回眸 / 便成永远"

妻子在夏天病倒的一个月里，请了长假，衣不解带地服侍他。她虽然也听到了闲言碎语，但她的包容容不下捕风捉影。她没有问夏天自戕的理由。

她说，这辈子，我谁都不信，只信你！夏天愧疚的泪背墙长流。

出院后的夏天判若两人。他天天下班后挽着妻子的手，在街邻令人眼羡的注目礼下享受初恋般的生活。

（2024 年第 2 期《阳光》）

◀ 两平方米麦苗

北方的冬天来得又早又猛又冷。丈夫病故刚过"五七"的田婶抱门抽抽噎噎地哭泣，接他入城的儿子呆了，不知所措。直到儿媳灵机一动，小声嘟囔说租来的车一天五百，她才止了哭，拎着包袱上了车。

老家老屋东邻壮叔早年妻子出了车祸，一个人单着。瓜田李下，儿子担心村子里人嚼舌头根子。

田婶刚到城里住一天就把儿子雇的保姆赶跑了。保姆干净又勤恳，做菜味道还好，田婶硬是看不中，正好借保姆失手弄打一个水杯子，撵走她，自己当保姆。

田婶刚开始饭菜做得也可以，蒸馒头、手擀面，透着农家手工闻得到的香甜，让久居城市的小两口吃得津津有味。可不到半月，熬粥常糊，菜非咸即淡，让儿子媳妇直皱眉头。城里的房子像鸽子笼，不像乡下大宽大地。邻居们也不常往来，哪像老家自家没人在家，来个亲戚邻居都把客人招待了。田婶的心里有点儿莫名的失落。

城里不知季节变换。这里的花草树木让她陌生，与老家的槐树皂角树仿佛不在同一个世界。她突然想种麦子了。

从小长大，那足足十亩的麦田，带给她多少快乐。从初秋的犁地耙田，再到深秋用耧播种，再到冬天苍茫雪地冒出一大片的绿油油，最后到风吹过金晃晃的麦林，钻进鼻孔的麦香。弯腰割麦，装车拉麦，上场碾麦，晒麦扬麦，装袋入仓，满满当当的都是勒入骨髓的记忆呀。

那种虽然汗雨交加的痛苦带来的收获，暗夜里带着浓烈的乡愁漫溢着。直到醒来，还仿佛置身白亮亮的麦场，耳边轰轰隆隆的打麦机响，身子骨软绵绵，汗津津的。

那晚，她出门去广场。"麦苗儿草，麦苗儿黄，我到麦田等我郎"，那凄凄惨惨戚戚的老评书盲人的声音让她揪心。没听唱完，往艺人怀里扔下钱匆匆回家了。

儿子买了大冰箱。要扔掉长方形的白塑料泡沫包装，两个平方还要多呢？田婶眼前一亮，一把紧紧抱进怀里，生怕别人抢走似的。

田婶从外面广场边的花池里背来两袋土，用手把小土疙瘩捏碎，算是整好了麦田。

儿子善解人意，从超市买回了麦种。田婶一见笑了，这分明是去了皮的麦仁，熬粥喝的，哪是麦种呀。

她自己一吭不吭，坐公交回家了。"你看东院你壮叔家的麦种多欢实呀！"田婶捧着溜圆的黄麦种一个人乐呵。撒上麦种，用洒水壶喷上水。望着两平方的麦地偷偷乐。

忙完一日三餐，田婶的世界只属于阳台上的两平麦子。侍弄完麦田，便是一个人呆坐。麦苗从冒头到露尖再到青乎乎地疯长，抽穗。冬去春来。五月，即将满仁的麦穗溢满清香。她全身每个毛孔都透着熨帖和舒畅，连走路都轻快地哼着歌。

周六早上，田婶贪觉晚起了会。见媳妇在厨房捣鼓，里边传出麦仁的醇香。她急步跑向阳光，青黄的麦秆上齐刷刷地空着。毕竟媳妇不是自己亲生的，吃嘴的媳妇当作捻转享受了。她没吱声，心里堵得慌，一口饭也没吃，关上门哭了。

壮叔从乡下又捎来麦种。田婶仍然在阳台种麦子。眼见又抽穗了，她这回看得更紧了。一天，她去超市买菜回来。多日不来的女儿来看她，见阳台上的麦苗，意外惊喜。用剪刀剪了麦头，用清水冲洗了放豆浆机里磨了青麦汁，去脂减肥好东西呢。

田婶越发郁闷了。儿媳妇不是咱亲生的，女儿可是贴心小棉袄呢，不问青红皂白，还是麦苗子呢？不给老娘打个招呼，说割就割了。女儿见犯了弥天大错，生怕落了不孝顺的名声，低眉顺眼一个劲儿讨好她。

第三年，麦子快熟时，田婶把阳台门加了把锁。眼见肥嘟嘟的麦穗沉甸甸地几乎倒伏，田婶心想这回可是个丰收年，心中又一次溢满甜蜜。

可是儿子儿媳出去旅游，她去闺女家小住。阳台窗户忘关了，回家时麦子倒伏一片，许多成了空壳儿。

一只正在贪婪啄食的小麻雀被她堵住。田婶喂养，麻雀不吃不喝，望着窗外；另一只麻雀飞进来，像要救同伙儿出去。喂它们没两天都打蔫儿。田婶只好开窗把雀儿放飞。

田婶做好一桌子好饭，告诉放学归来的孙子，她回乡下还壮叔三回种子钱了。

春节，儿女回老家看，遇到铁将军锁门。东院隔着院墙传来一阵爽朗的笑，那是母亲独有的笑声，在充满阳光味道的早雾中久久回荡。

（2020年第12期《上海故事会》，入选长江文艺出版社《2021年中国小小说精品》，多地考题）

◀ 大麦小麦谁先熟

我小时候，住豫西小山村。一对青年哥俩。薄得像雪一晒就化的家底，只够娶一房媳妇。结果，女方相中了弟弟。结婚那天一大早，哥哥当着众亲戚的面质问母亲，"大麦小麦谁先熟？"让母亲无言以对。

这是发生在上个世纪 70 年代大集体尾巴的一个真实的笑话。

我二楼邻居也叫小麦，一位刚退休的五十多岁的女人，爱人是医生。有回小麦感冒，让我当护士长的妻子上家帮忙输液。

病愈。小麦脸白刷刷的，有时带一只小白猫过来，与我母亲拉瓜。嘴巴不拾歇儿，有时两人你一句我一句，有时像自言自语。一屁股上坐一晌儿，仿佛是要把一辈子的话说完，说得口水四溢，嘴角都泛起沫来。

小麦从未空手上门。临走，总是一把绿油油齐整整的小蒜，或是两个白光光软腾腾的手工馍，抑或是五六个黄灿灿香喷喷的水煎包。好像是还人情，次数多了，弄得我们怪不好意思，反倒是反过来像欠了人家似的。

母亲说，小麦乡下也有过亲戚。少有走动，不想提。

小麦家境是优裕的。自己有退休工资，丈夫退休又有返聘工资。一个儿子在北京成家，一年只有春节回来三两天。小麦心疼儿子一家都市生活压力大，来回折腾汽油费或给高铁赞助。儿子一家就不回了。小麦虽挺想孙子，也只能通过微信视频过年。

想来小麦无所事事，怕把自己宅出毛了，才会逢人搭话。稠得像开机关枪，一开口就没个尾巴。

父亲十年前病逝。母亲八十五了，年龄一大，行动不便。乡下亲戚家红白大事，都是我去应酬。娶媳妇嫁女的事还好，无非是吃顿高价饭。遇到丧事我苦不堪言。有的是老辈人病故，得戴孝帽跪地上哭。假哭也得哭，装模作样。

大周末也不安生，替母亲回邻村参加乡下丧事。论关系，应该是父亲这边一个远门叔。平素极少走动，只在共同的亲戚有红白事偶遇。婶子大麦六十五，无疾而终。

门口对面，三丈长宽灵棚。中间红布覆盖的一口柏木大棺，棺前堆满金金山，摇钱树和各类纸糊的家用电器。两侧及棺后，堂兄妹众孝子孝孙清一色白衣白孝帽。哭声大小不一，若有还无。大早就有亲友来吊唁。执客敲鼓，孝子听到鼓声开始哭。吊唁者先打拱，跪在地上哭。执事者敬酒、上香。直到执客喊还礼，慢慢起身，三叩首，礼毕。哭声方停。

最热闹的，是灵棚西侧邻着厢式货车搭起的舞台。上边，浓妆艳抹出场的表演者，唱的女包女，姿态却忸怩，不伦不类。台下听者想笑，又因为丧事，只能捂着嘴偷笑。嗓门高吊，一出接出唱戏，配上扩音的大音响，耳膜几乎震破。乡里乡亲围得水泄不进。

所幸我属远门，免了上坟地之累。回来的发小说那场面真排场。还打开手机让我看：齐刷刷一片孝子孝孙三叩九拜，令人动容。

我受不了喧嚣折腾，跑设了午间招待亲戚的东隔壁。一位老妪在檐下抱着拐杖，目光呆呆。挨着她的，是一副提前打制好未上漆的自备棺材。许是人手摸得多了，口上油滑滑，白光光的。

临走，管事的另一个一家子叔喊我。让我办场去世婶子临终交办的事：一只祖传上好玉手镯，一个装钱的布包。让我转交给小麦。

大麦小麦是姊妹俩。小时候家里穷，小麦送城里人养了。小麦以前常回家接济家人，人口多是非多，送这个得罪那个，后来断了往来。

受托回家送二楼，敲半天门，小麦当医生的丈夫才开门。他嗫嚅地说小麦已去世一周，声音与高大身材极不相称。

客厅，一个年轻的女人跷二郎腿，左手执小镜，右手在描眉。见我愣了下，嘴角不自然地咧了咧，算是招呼。

我想对他说节哀顺变，终究还是没说，心里像堵一块腻滑的鹅卵石。镯子和钱匆匆塞他手，夺门而逃。

门在身后"呼！"地一声关上了。又一声"哗啦"，像是玉镯摔碎了。

忽然忆起一周前子夜，我写作累了起身倒茶。门外走廊许多杂乱的脚步声，还有人喊"一二，起！"应该是小麦走了。悄无声息。

说起小麦大麦，耳背的母亲说我糊涂了。小麦和大麦，自然是大麦先熟。

（2021 年第 21 期《天池小小说》）

◀ 生日蛋

上午放学的哨声还未吹响，花儿的心已跨出教室门坎，飘过三条坑坑洼洼的沙土路，飞回了破陋的家。

她太馋鸡蛋了。今儿是她十二岁，按照乡村习惯，每个人生日只过一轮。这是最后一个生日了。她不知道妈妈会不会像以往一样，给她个意外的惊喜。

她印象中，过生日才吃上香喷喷的鸡蛋只有一次。去年生日，早上上学前，妈妈偷偷背过哥哥塞到她手里一个鸡蛋，光溜溜热乎乎的，烫得她心直跳。

"花花，今天你过生日！快点趁热吃！只煮了这一个，别让你哥见了！"

剥了皮，白光光，香味直钻鼻孔。她舍不得一下子吃完，用小手掰成七八瓣，先蛋白再蛋黄，在嘴里咂摸。一直香到心窝窝里。

上周五下课，同桌从书包里给她晒煮鸡蛋。不幸被眼尖的同学们看见，大家十几双手一齐去抢，结果碎在地上，七零八落沾了灰，同桌心疼得哇哇大哭。她惋惜地望着一地碎白，心几乎也跟着碎了。

花儿先进灶屋，没见到妈妈。进隔壁厢房门放好书包，坐到颗粒粗糙的水泥面桌前，望着桌子上盛了玉米糁汤的两个大碗。哥哥影子似的，已后脚跟上端起自己的碗，他用筷子一扒拉，居然出来个剥光了的鸡蛋。哥哥得意地用筷子一扎，挑起来，得意洋洋地端起碗，边走边挑衅地眼气她。花儿看到自己碗里只有露出的两块红薯，委屈地哭出声来。

乡村里一向重男轻女。如果一个人家里只能供一个学生，不管是姐姐还是妹妹，都得辍学供男孩子上学。何况她隐约多次听到背后有人议论她是抱养的。可她每次问妈妈，妈妈从不承认，还用手指她，笑她人小鬼大心眼儿多。妈妈说的好像也有道理。既然有哥哥了，干嘛又抱一个，她想要也可以生呀？

可是，这是她最后一次过生日，明明哥哥碗里有鸡蛋，而她碗里只有红薯。花儿拿起书包想离家出走。书包里还有她攒的五毛钱。

妈妈给鸡拌好食返回来，看儿子抱碗走到院子。她凑近花儿，压低嗓子，"傻丫头，你看！"花儿见妈妈用筷子挑开红薯，下面居然露出两个白白光光的鸡蛋。想不到，妈妈的碗里藏着对她双倍的爱。

"赶紧吃！别叫你哥哥回来看见！"妈妈一连声催花儿。

花儿止住了哭声，眼泪汪汪地盯着妈妈，一动不动。

"怎么了？真傻了呀？你再不吃让你哥哥回来看见抢了，我可管不了？"

花儿愣住了。她不知道该如何开口。昨晚上她半夜醒了撒尿，躺在被窝里，听到隔壁邻居三婶与正在煤油灯下缝鞋的妈妈说话。

"我说嫂子呀，别叫花儿上学啦！以前大哥在的时候，劝不动你吧还好点，如今他出车祸不在了，咱孤儿寡母的日子这么难……"

"妹妹，知道你好心。养的生的俺都亲，再苦再难我也供她！"

"听人说你捡的花儿的妈妈现在在城里，有房还有车，日子过得不错！你要真撑不住了，我带你一块去找找？"

"谢谢，不用了！我从来就没把自己当花儿后妈！嘘，声音小点儿，千万别叫花儿听见了！"

后来，两人的声音低下了。花儿胡思乱想了半天，做了一夜的梦。

花儿拿起筷子叉起一个鸡蛋，凑到妈妈嘴边，"你要是我亲妈，今儿就一定要吃一个！"

"妈妈不饿，我刚吃过了！你最后一个生日了，要长身体。邻居你三婶知道你过生日，昨儿晚上送来了四个鸡蛋！"

"妈妈骗人！灶屋煤灰堆上只有三个鸡蛋壳！"花儿认真地望着妈妈湿润的眼，俏皮地说，"你从来都没过过生日，你今儿不吃，那我也不吃！"说着佯装生气，把碗推到一边。

"其实，我什么都知道……你永远都是，我的亲妈！"花儿嗫嚅着，泪花晶莹。

妈妈轻轻咬了口鸡蛋，眼泪沿着腮边幸福地落下来，滴进花儿混合着鸡蛋香和红薯甜味儿的碗里。

（2019 年第 21 期《华文小小说》2020 年 12 月 25 日《三门峡日报》）

两平方米麦亩

◀ 绝　对

"吃了吗？饿了家里还有饺子……"

"今儿立秋，晚上冷，记得穿厚点，加件衣裳……"

风凉飕飕，夜黑沉沉。他没开灯，发过两条信息，手机屏俏皮得似星星点点闪烁，儿子星星青春含笑的脸，如在眼前。

"您也保重！"

望着下边加了心的"你"，他有些迷茫，别扭。这不像儿子的风格。五年前，老伴病逝后，星星和他像哥儿俩，称呼早在心里揣着了，从不加的。

窗外，夜色墨汁一般又黑又稠，浇在空气中，压抑住呼吸。紧张。手微微颤抖，恍惚中回复。

孤单犹若无数条冰冷的蛇，一寸寸挤压，迫近，抑制，噬咬他的心。

"向太阳奔跑"，他这个刚退休的老交警的网名没有暮气沉沉，像暮鼓晨敲，总有一股朝气呢。

"向星星出发"，刑警儿子的网名自带职业习惯。夜晚是最好的陪伴。

老伴故去，那个叫"月亮"的已经销声匿迹。微信群里，唯有太阳与星星的对话，隔三岔五。

当初，太阳和星星父子俩可互相争着发光呢。

农业大县，县城周边全是乡，接合部交通事故频发。被屡屡通报丢人不说，那老百姓的命可重要呢。尤其是三轮车夫、农机车手缺乏交通安全意识，为省时间干活，工夫不搭路上，总是呼朋唤友，三五成群坐上车，一出事都是大事。可是，他和同事们苦口婆心嘴皮磨薄成一张纸，宣传教育效果像是骆驼群里的一只蚂蚁，啥也不显。他琢磨三天三夜，逐个儿去往三轮车上贴反光贴，警示条变成"防撞条"，让车在其他开车人那儿"被看见"，黄昏时分非常醒目。事故率像温度计掉进冰窟窿，直线下降。

星星从派出所被抽到刑警队，片儿警的活儿因为人少一时脱不了手。两头忙，还都想出彩。大案要案发一破一，够让人惊喜了，可蹊跷的是，星星硬是当了和谐小区的"好管家"。是怎么做到的？星星拿小区三分之一住户钥匙。那是个郊区迁置小区，孤寡老人、留守儿童多，老人忘性大，孩子们又贪玩，备用钥匙都让星星保管。

比赛结果，星星总能胜出一筹。

那次，有小女孩报警说路边有被遗弃的小猫。星星出警，找不到收养者，自己把它抱回家，取名平安，弄得父子俩藏青色的服装上总有白猫的毛。

星儿，难道你是会七十二变的齐天大圣，有三头六臂吗？披星戴月，脚不沾地两头儿跑，熬的是时间，也是命呀。你知道逞这个能有多累吗？

他心疼地埋怨，也好像是数落自己。

"你的腿伤好点了吧？"

"你的血压有点高，该上医院看看了。"

他耐不住，又在群里发信息。

许久，回答他的是一片空白。

"好了。这个案件忙完就去！"

漫长的无望等待后，一条信息期期艾艾冒出来，像这段时间自己老掉牙的自言自语。

时光可真绝情，转眼他这个太阳像骤然跌落黄昏的夕阳，再也跑不动了。

温热液体蓄在眼窝，停泊一会儿，顺着鼻翼两侧悄悄滑淌。他鼻腔瞬间酸酸的，涩涩的，又升腾滚涌到眼角。眼睫毛湿润了，白花花，茫茫一片，手机屏幕花了，什么也看不见。喉咙被堵塞，呜呜咽咽。黑夜往子夜狂奔的路可不短。

黑洞。空洞。一切都在寂静的夜里影影绰绰，懵懵懂懂。

"你和芳的婚事赶紧办了吧，你妈等不及都走了。听话啊？！"他嗔怪地又发。

"好，过了元旦就办。这不有个大案专案紧张，芳在医院比咱还忙嘛！"

这次回复可真快，那个伸舌头的小人儿表情真逗，几乎把他眼角的潮润一点一滴逼出来了。两行。

"别给我贫。你小子还欠我个生日宴。"六十岁，他过第一个生日，儿子像流星一样藏起来不见，遗憾。

"算了，我知道你总是忙。不用还了，要还就还个拥抱吧。"

他感觉自己说的是一种奢望，很勉强。又不甘心。

"还，马上还，你等我。"

"我欠您的，下辈子一定还。"

这次，居然秒回。最后边是一串串小人儿的拥抱，似天上星星，数不清。

他关上两部手机，绵延无助的累，海潮般席卷了无望的疲惫。

餐桌上的菜早已凉透，星星爱吃的饺子盘上还插着两双筷子。

他把早满好的三杯酒洒在地上。

"瞧你那点儿出息！"他暗暗责备自己。曾经那么果敢，眼神那么犀利，如今，双眸暗淡浑浊，没有一丝光。

喝毕，他慢慢转过身，用粗粝的手掌心擦了擦儿子英气逼人的遗像。汗泪浸湿的手，一遍又一遍。颤颤抖抖。

"喵。"平安从地上跳起来，扑进他的怀里。

其实，他啥都知道。今天，自己早已擦过无数次。

上面，一尘不染。

今天是他的生日，他穿上警服，用手指弹弹灰尘。

又倒了一杯，一个人无声啜饮，独醉。

（2024年第2期《回族文学》，2024年第11期《小小说选刊》，多地考题）

◀ 车厘子

当班主任职务不高事不少。宁静这学期督促虎子进步挺大，她按学生成绩为他调到第三排正中位置。刚从国外回来的虎子爸飞机上托回一箱车厘子，不等宁静拒绝，油门一轰，车屁股烟尘四起。开走了。她发红包，退回。

开箱，鲜红欲滴。她尝了颗，酸中带甜，舌尖兴奋地跳起来。自幼母亲意外病故，年过六旬的乡下父亲又当爹又当娘勤扒苦吃，如今也该让老人享享日子的甜。她只抓出来一把，剩下原封不动交给快递员，寄给父亲。眼见一周后要放寒假，自己忙组织期末考试，脱不开身。担心父亲舍不得吃，电话里千叮咛万嘱咐，交代他一定放冰箱里慢慢吃。

趁办公室没人，宁静把 200 元悄悄塞进虎子作业本。从隔壁教室过，同事音乐老师小菲站在讲台上闭着眼，沉浸在教唱氛围中。白皙的双手在琴键上龙飞凤舞，旋律流淌。伴着稚嫩童声从窗户飘向外面天空，连白云也在一起一落，像一首和谐奏鸣曲。宁静心里阵阵酸涩。

小时候，宁静嗓音甜美，对音乐天生敏感。郭老师多次劝她走艺术专业，说她功课好，无论声乐器乐，上中央音乐学院如囊中取物。高考前，父亲担心学艺术学费高，劝她弃考，宁静心里比音乐老师得知她放弃更失落。望着县里钢琴店抚摸了一次次的琴面却因为买不起的失落。

很长时间，宁静都怕见到黑白两种颜色，那是钢琴键永远不变的忠诚本色。虽说自己如今也成为教师，教的数学，数字不仅从1到7，不，应该是从"哆"到"西"，早已成千上万，平方立方几何级上升，无穷无尽。可哪儿有简谱单纯雅致，五线谱线条曲折优美。如今，终成一去不返遥不可及的梦想。烟消云散。

周末正值农历腊八，宁静带七岁的女儿看望父亲。事先故意不打电话，怕父亲又像以往手忙脚乱整一大桌菜累着，思忖给他一个意外惊喜。没准还能混上一碗豆香浓郁的腊八粥呢？想着开门后父亲惊讶中即将咧开嘴笑，路上车载音乐声中，她差点儿笑出声。

熄火，掂上纯奶，拽女儿下车。老宅铁将门把门。

"爹，我回来了！"

"外公？"女儿和声，脆生生。

她手颤抖着狐疑地开了锁，父亲给她和女儿每人一把钥匙。父亲不在家，冷锅冷灶，桌上碗里的水仅有一丝余温。串门了？下地了？寒冬腊月的，父亲究竟会去哪里？

打开冰箱，里边黑洞洞。父亲真是老糊涂了，怎么连电也忘记了插？她插上插头，冰箱里仅有一碟咸菜，半盘花生米。奇怪了，那箱车厘子呢？送人了？

"爹。我回来了，咋不见你？"她急慌慌打电话。

"正赶集呢。这闺女，回家也不提前吭一声。等我，这就回！"父亲咳嗽着，耳边乱糟糟。

"车厘子味道不错吧？"父亲进门，宁静笑着递上热毛巾。

"还，还行吧。不是季节的东西，没咱家院里小樱桃甜。"父亲嗫嚅着，头扭向一边。

"吃完了？冰箱里咋没有了？"她好奇。

"我，我，一个人吃不完，拿集上卖了。你看都卖了85元哩。"

"啊？多少钱一斤？"

"8元。3斤以上5元。"

"谁让你卖的？那么便宜？这可是朋友从国外拿回来的！"宁静急了。国外100多一斤。自己和女儿都不舍得吃。

"你忘了？你上回打电话不是说8元一斤买的？卖亏了？"父亲跌坐床上，眉毛皱巴成一团。

宁静哭笑不得。心中揪疼。

父亲默默打开床头柜，递过来一个旧帆布包。里边花花绿绿，五元十元毛毛角角的票子，还有许多钢镚儿。沉甸甸。

女儿好奇，要数外公的"储钱罐"。

"不用数了，这是我攒的小金库。你每月给的钱都在这，一共一万五千三百二十六块零五毛。结婚时咱家穷，也没陪个线头，让你光身出门。爹心里一直心里难受呀。"父亲昏花的眼窝里浑浊的泪闪出来，"咱们上县里那家店把那架琴买回来。本来去年你过生日，该送的。想买下来，谁知道又涨了三千。日子真快，这一等又是一年……"

宁静喉咙发紧，和女儿上前抱住父亲。哽咽无语。

春节，《回家》钢琴曲舒缓优美。父亲闭眼聆听，眉毛绽成一朵菊花。

（2022 年 2 月 2 日《河南工人日报》）

第三辑

老人春秋

◀ 紧箍咒

....

侯家村人都知道，村长老侯是个保守派，儿子小侯是个激进派。老婆病故时儿子小侯才五岁，老侯怕后妈背后虐待小侯，便发誓不娶。但打小由于派别不同，天天针尖对麦芒，日子过得叮叮咣咣居无宁日。

小侯打小调皮捣蛋，扒瞎子捅漏子，老侯跟在后面赔不是陪笑脸"擦屁股"，几乎是家常便饭。但老侯不舍得动小侯一指头，也从无怨言。

老侯喜欢《西游记》。尤其羡慕唐僧，因为玄奘有观音送的紧箍咒，能把齐天大圣治服的服服帖帖。老侯是党员，当过几年民办老师，便对儿子小侯说："老辈人说一日为师，终身为父。反过来也一样。一日为父，终身为师"。

小侯反唇相讥："都什么年代了，国家提倡民主自由呢？你收回这招吧！"

"孝顺孝顺，不顺则不孝。我一辈子就你这么一个宝贝蛋，出了事可就是坑爹！你得顺着爹，听我上课，念念紧箍咒！管保你小子这辈子平平安安！"

村里有个造纸厂经营不善快垮了，小侯挺身而出要承包。老侯招数使尽挡不住，但板下脸来给小侯立规："每季度回家上紧箍咒课一次！"小侯笑而应允。

上课内容：以人为本，不坑百姓；诚信立身，利国利民；不准浪费，节约成本……小侯耳朵快听出茧子了。

一天，小侯正与客户谈业务，被老侯揪着耳朵拎回家"开小灶"。"胆大包天，坑乡亲的事也敢干？"小侯弄得丈二和尚摸不着头脑。

原来，邻居张大娘家去卖麦秸秆少了二十斤，给老侯听到了，亲自去过秤，发现秤中有"猫腻"。小侯自知理亏，在屁股上挨了几脚后，主动拿着钱给亏斤两的村民挨家挨户补偿，还在老侯严厉的目光监督下一一道歉。

树立了诚信，纸厂形势喜人。老侯农闲时闲不住，开了家废品收购站，没人去的时候还自己背个大麻袋捡废品。小侯嫌没面子劝老侯，老侯生气了"我锻炼了身体，又让村里干干净净，清清爽爽。还为你厂提供了纸源，一举三得。难道还丢你大厂长人了？"噎得小侯直翻白眼。

每年年底，小侯给老侯孝敬一个大红包。老侯并不推让，还说，"你别以为用红包就堵我嘴了，少来这套。接包是给你大厂长尽孝心的机会，不失你面子。但这课一节可也不能少！"小侯哭笑不得。

小侯为提高纸厂效益，与几位经理商议，通过把大卫生纸改为小包装，并在小包装每段轧手撕线时增加两厘米。一来大改小客户以为数量多了感觉占了便宜，二来增加了用纸消费量，可以卖更多的卫生纸。

谁知刚开工一天，老侯像长了千里眼顺风耳，被进厂明察暗访的老侯逮个正着。当众给小侯和经理们上课："大包装改小包装，只要不短斤缺两，我不管；但老人家说过，贪污和浪费是极大的犯罪。你们手摸良心想想，多这两厘米，造成客户浪费多花钱，对国家资源也是浪费，睡觉能安稳吗？"

小侯摊上这么个较真的爹，只好又回归了原包装设计。可是其他厂家都改小了包装且延长了手撕线，纸厂效益被挤压，形势岌岌可危。但是通过技术革新，生产更健康的环保纸扩大生产，又需要一大笔资金，小侯一筹莫展，辗转难眠。

老侯拿给小侯一个存折，递过来报纸包着的现金。说："存折里是你每年孝敬我的红包，我一分没动，还有我开收购站的赢利；加上我去乡亲们那借的现金，一共五十万！这可是我和乡亲们对你的信任，只许成功不许失败！"小侯含泪点头。

年底，纸厂打了漂亮的翻身仗。小侯被评为县青年企业家十大标兵和市劳模。

临行市里表彰前一天，老侯带小侯去监狱去看被关进号子里的发小。这个发小从小是个孤儿，开了家月饼加工厂。以前好奇跟着小侯听过老侯念的紧箍咒课。才听了两回就逃课，当耳旁风。因为追求利润立竟然使用工业添加剂，吃出了人命，被判刑五年。

"爹呀，你这金箍咒还真灵！能保平安。戴顺了，这辈子我都不取了！"

"那敢情好！可爹总有老的一天呀！我可巴望着你小子赶紧出师呢！"

（2018.15 期《小小说选刊》，任晓燕、秦俑、赵建宇选编的《2018 年度小小说》，获 2018 "武陵" 杯·世界华语微型小说年度优秀奖。）

◀ 喊　泉

韩家坑村山清水秀，民风淳厚，是个两千多岁的古村。北去百里，黄河迤逦东去。

村虽一马平川，吃水却不便。祖祖辈辈，近千口人的村，都到村东四十五度坡下"喊泉"挑水吃。

"喊泉"名副其实。传说那条大河源头往南有道龙脉，龙眼潜伏于地下深谷之中，非喊不流。确切地说，非韩爷喊不流，任你是村里的还是村外的人。韩爷祖上代代能"喊"泉，世代单传。别人问他传了多少代？韩爷笑笑，望着喊泉说已有九代了。

每日清早，东方尚露鱼肚白，一二十个青壮后生排队挑着铁皮水桶，跟在五十开外的韩爷身后，前往千米之外山下的喊泉。行至泉边，韩爷先在两谷前对山林行跪拜之礼，然后吸一口气，闭目念念有词。五分钟后，韩爷围一米见方的泉水坑绕行一圈，边绕边以手搭喇叭形："哟嗬嗬！"

那洪钟般响亮的声音，瞬间传遍四野，在群山林涛之上回荡。

铿锵激昂，如吟似唱，韩爷"喊"泉，有一种悲壮仪式感。神奇的事情随之发生了，但见两谷之间，一股细流潺潺而下，蜿蜒向泉坑而来。众人拿起水舀依序开心取水。

韩爷有两个儿子，韩井和韩水。他有心教传秘诀，奈何二人均表示无心向学。韩爷为此忧心忡忡。眼看韩爷日渐年迈，"喊"泉不能后继无人，但一直让韩家义务为村民"喊"泉，也着实过意不去。村里一商量，干脆每家出点份子钱。老大韩井这才勉强答应。韩爷眉头也才有一丝舒展。

韩井"喊"泉，一嗓未喊，风云突变。韩井与韩水二人去东侧山后自留田里深耕腾茬种秋，竟有一个惊天发现——自家地下，竟然埋着一座金矿。

接下来的日子，韩井兄弟两个忙得脚不沾地，找人勘探做预算，通关节，办手续……他们在筹备着开矿赚大钱，把学喊泉一事早抛到九霄云外。韩爷刚燃起的一丝希望瞬时化为乌有，却一筹莫展。

尚未规范的法律漏洞，让私下开矿让韩家兄弟在短短的时间里暴富。他们倒也知恩图报，也算是对老爹韩爷的一份孝心——他们在村正中挖了一口百米深井，建起大水塔，为家家户户免费通上了自来水。村民皆大欢喜。韩爷却不领情。他却去喊泉挑水吃。可是，喊泉也不领他的情，任凭他声嘶力竭，喊哑了嗓子，却再也喊不出一滴水。

此后，怪事一桩接一桩：山上的枣树、梧桐、槐树开始一片一片枯萎。村民中有恶心呕吐的，有腹痛血便的，也有陆续低血压休克的；韩水也被查出肝炎和黄疸……

韩家坑村这是怎么了，被恶魔缠身了吗。整个韩家坑村，开始人心惶惶。

事情很快惊动了县里，县里上报市里，市里上报省里，省里防疫专家紧急援持，连夜调查，真相很快大白：重金属超标。喊泉的承压水层被挖断了，罪魁祸首就是韩家兄弟私开的金矿。

一纸文书责令韩家两兄弟停止开采，立即将矿关停，把矿坑用装载机填平恢复耕田。把开矿挣的钱捐出来为村民看病，还韩家坑村的青山绿水。

把喊泉的水再"喊"出来。韩井韩水没再敢有任何异议，韩水身体不好，韩井责无旁贷地接受了父亲的喊泉秘传，代替韩爷带村民们去喊泉喊水。

"哟嗬嗬……"三天三夜，韩井把眼睛喊红了，把喉咙喊出了血。在他激越的呐喊声中，沉睡了数月的喊泉终于醒了，那股清亮的泉水又从两谷之间哗然而出。一天天过去，那些枯萎的树木，如遇神助，日渐又泛青了，枝叶舒展开来，漫山遍野又变得郁郁葱葱。

"哟嗬嗬……"每天一早，韩爷与韩井的浑厚的嗓音呐喊在山谷飘荡，响遏行云。与以往不同的是，尾声加上了众后生"嘿哟嘿"的和声，一咏三叹，煞是壮观。县文化部门还专程拍了影像资料，成功申报"喊泉"仪式为"非物质文化遗产"项目。

喊泉的水又清又甜又旺，汩汩不绝，十里八乡的乡亲们挑水队伍越来越长了。

再后来，由于泉水量大，"喊泉"上了自动灌装生产线，成为畅销的矿泉水品牌。

专家也为"喊泉"解了"密"。韩家坑村东地下地质构造为沙质，山谷地势低，韩爷独特的喊嗓抑扬顿挫，持续冲击共振，在山谷间回音达到一定分贝形成压力，潜压的"龙眼"就会被"喊醒"开"眼"。

（2019.1《荷风》，2019.1.16《洛阳晚报》，2019.2.27《三门峡日报》，2019 第 4 期《百花园》）

◀ 老戏骨
······················

老戏骨早被人忘了名字。有人说姓张，有人说姓刘。甚至还有人说他应该是姓戏。

他打小是个没见过爹娘的孤儿。吃百家饭，穿百家衣。为了不饿肚子，逢人家过红白大事，就去帮厨。好多厨师见他透钻，都想收他为徒。

十二岁时他迷上了戏。七里八乡逢会赶集唱大戏，眼瞪得溜儿圆，支楞着俩招风耳听得入迷。连草台班子也一场不落，有时听入境处，一忽儿哭得一把鼻子一把泪，一忽儿一个人哈哈大笑，手舞足蹈。惊得看戏人都回过头看他，连台上演员也忘词了，拿眼戳他。大家都以为他魔怔了。

"当大厨多好，一辈子好吃好喝，起码混个肚儿圆！"他冲戏台班头说想学唱戏。班头叼个烟袋锅吧嗒吧嗒吸，不拿正眼瞧他。

"人不能光为了吃，我得学戏。唱好了，报父老乡亲对我的恩！"他一板一眼，还念起道白，尾字音拖起了长腔。说毕，恭敬跪拜作揖，比台上的主角还有范儿。

班头被他这一腔惊呆。又见他心诚，知道感恩，说得在理。让他跟了戏班子。

他除了为戏班子做饭，剩下时间喜欢跑龙套。奇怪的是，没见他跟谁学过，却唱念做打样样在行。一个人分演所有角色，缺啥补啥。唱全场，谁看谁呆。连台上人都瞒过了，原主演心中直怨抢人饭碗。

生旦净末丑，学啥像啥，唱啥是啥。扮老生显尽沧桑神韵，演青衣袅娜依人，花旦、刀马旦、武旦、老旦、彩旦等各展风流；扮文丑出场，插科打诨，台上台下笑声不断；当武丑更见真功夫，连台下力气蛮的也悚他三分。

唱苦戏，他念及从前孤儿之难，悲悲切切，幽幽怨怨，让台下观众喉咙跟着发堵；又忽然声声泣句句悲高亢起来，观众眼泪便刷刷直流，台下哭声大作；唱笑戏，自豪感溢满于胸，朗朗然从喉间有节奏地往高处走，台下也跟着大笑不止。鼓掌声叫好声响遏行云。

好多大剧团慕名重金来挖，私下许以优厚待遇，都被他拒绝。他说我做事从一而终，一波波来人说客悻悻而归。

剧团8个大戏箱，他有个三十公分大小的"百宝箱"。香樟木，磨得黑明光亮，看不清颜色。到哪都背身上。寸步不离。有擦脸毛巾，小镜子，胭脂膏，也有针线包，纱布，还有跌打丸。大家戏称"神秘9号"。

他干过场大事。有个大村村医是戏迷，车祸后送殡。村民们凑钱想让出台戏，正巧与村长爹八十大寿时间冲突。他演主角，班头想给村长爹演，他断然拒演。

"一辈子救过多少人命，又是咱铁杆票友，我得用戏送他一程。你们不去我一个人去！"斩钉截铁，脸爆青筋。他是台柱子，无人可替，一走就砸场了。团长无奈，又联系兄弟剧团，给村长好说歹说，才救了场。

他不找女人。说戏就是自己的女人。有人见他私下里一个人扮演自己的女人，与自己表白。咿咿呀呀，呢呢哝哝。

他见剩饭抢着吃，每次吃过的碗都像舔过似的光。说什么"剩饭姓张，越吃越香"。夏天饭都有馊味了，也不舍得倒掉。好在他身体好像铜墙铁壁，从未犯过胃病。

戏班市场不景气，连行头都置办不起。皇帝的蟒袍右腰间被吸烟人烧个鸡蛋大的洞，也换不了。他掀开随身百宝箱，从里面拿出针线包。一愣眼工夫，蟒袍破洞已缝得严丝合缝。但，他常常望着破旧的戏装，怔怔发呆。

那天，班子为孤儿院义演。他正演《铡美案》里的包公怒斥陈世美，高潮处，掌声喝彩声四起。忽见狂风飘来，头顶搭起的头柱突然倒下。拉二胡的二大爷和边上昏睡的小孙子来不及反应。但见他边唱边飞身而起，扑向二人，被柱上灯砸中脑门，瞬间血流如注。他硬生生面不改色，唱完最后一句，猛然直挺挺倒地。

大家把他翻过身来，"速拿我9号箱来！"血污满面的他，京腔京韵大声念白。

"毛巾？"他摆手，"急救包？"他摇头，食指下探示意下翻。翻到箱子最下边，哗哗啦啦，全是五角一块两块硬币和脏兮兮的纸币。

"一半置办新行头，一半给孤儿院……"言毕，倒地气绝。

一老戏迷，民间雕刻家，在他坟丘碑上刻"老戏骨"。字迹风流，劲直有力。

（2020 年第 1 期《百花园》，2020 年第 2 期《小说选刊》微小说头题转载，多地考题）

◀ 一人戏
....

三天戏已演五场，历时两天半，今晚是最后一场。

天擦黑时，天空忽然飘过一大片阴云，没来由地改变了手机上"墨迹天气"的晴天预报。一阵狂风大作后，顷刻间大雨倾盆而落。

演出时间马上到了，段村中朝村的老舞台下仍空无一人。

台上，老刘团长抬头望望黑云遮空的天，迷茫的雨帘，又看看演职员们齐刷刷望着他期待回家的眼神，蹙了下眉头，一筹莫展。

"咱们收拾行装，打道回府，如何？"主演老旦的副团长望向他，拖着曲剧长腔。

"再等等吧，虽然下乡演出是政府采购，咱也不能偷工减料呀！大伙暂时委屈一下吧！"刘团长望着台下乒乒乓乓砸在水泥地雨点，猛吸一口烟。

这时，戏迷村长过来了。他拍拍刘团长的肩："天要下雨，娘要嫁人！大伙上午演出也累了，刚我们村委几个干部都议了。

说这最后一场你们就别演了。反正是义演，又不少这一场！回头我去乡里填义演证明，还按六场写！你们赶紧回县城吧！"

"话虽这样说，信誉值千金！俺是党员！我们文化部文化下乡先进集体的牌子，可不能因为下个雨就砸了。"刘团长笑着指了指台下文化部新奖团里的"流动舞台车"，深吸一口烟，语重心长，"咱总不能失信，让来看的群众扑空，再等等吧！只要六点钟还有群众来，一准开演！"

"不好了，村长！咱们给剧团当街起的露天炉子，收拾不及，被龙王爷猛雨浇透了。煤火淋灭了不说，面条都成粘糊糊了，没法吃了"。负责后勤的村委委员跑过来，全身好像被水浇一般，喘着粗气，"对不起啊，刘团。剧团兄弟们这晚饭怕是吃不成了！"说完，羞愧地用湿袖子抹了把脸。

"刘团，你赶紧让大伙回家吧！这责任我来担！"村长盯着沉默的刘团长，"你们这方圆十几个村演下来，一个多月都没回家了。今天又是星期天，让大伙儿早点回去歇歇吧。况且回去五六十公里山路，曲里拐弯的，趁天未黑，早点走也安全！"

"咱村距县城最远，老百姓也不容易呀！一年都眼巴巴盼着我们每年下来这一回！"刘团长板着脸，认真地说，"吃饭的事我管，我不能让大伙跟着我饿着肚子演出！前阵子，我戏曲论文获了二等奖，还奖了三百元哩！大伙尽管放心好好演。演出空档换着吃。今儿的晚饭我包了！"他又拽住村长的手，"至于安全问题，老司机老熟路了。我坐副驾，提醒司机开慢点提足神，保证大伙在车上睡个安稳觉，平安到家！"

听完村长的话本来正要卸妆的男主演，一听到刘团长的话愣住了，把手里的小镜子慢慢放下了。

"你看！来观众了！准时开演！"刘团长望着舞台下，眼睛一亮。

突然，乡敬老院的小李打着一柄黑色大伞过来了。伞下，同事小张推着一个轮椅，上面坐着年过古稀的王大爷。

"刘团长，快退休了你的倔牛脾气还没变！其实你们也不欠咱的！你难道忘了？去年你们来咱村里文化扶贫演出，有俩外村老戏迷来晚了，没看上，你们又加演一场！"村长往刘团长胸前拍了一下，"我下去跟王大爷解释下，让他回去吧！"

"跟咱老百姓服务不存在谁欠谁的！你也别忘了，王大爷是个老戏迷！他儿子可是在部队上为救火牺牲的烈士！咱啥时候都不能忘了本！"刘团长拽住要下台劝人的村长，声音低沉，却力重千钧，"全团准备，准点开演！"

"刘团长，天下这么大雨，这么多人，大伙为我一个人演，我心可过意不去。我还是回吧！"王大爷在台下颤声说。又对小李小张说，"走，咱们回！"

刘团长冒雨走下台去，"都大老远来了，回啥！现在就开演！我们就是在等你来呢！"一边上前握住王大爷因激动而颤抖的手。

"时间到，正式开演！"刘团长抬起左手，望了一眼手表，像一位战场上指挥的将军，一副不打胜仗决不收兵模样，用力挥下右臂，斩钉截铁，浑厚的嗓音在台前回荡。

夜幕中，大雨滂沱。台上锣鼓铿锵，男主演有板有眼，全体演员精神抖擞，尽展曲艺风流。

台下，王大爷咧着嘴一张一翕，看得聚精会神，泪眼模糊。

刘团长望望台上，又看看台下，心里一阵潮润。他一个箭步，冲上剧团的面包车，立秋后的风刮来，他打个寒噤。随即启动引擎，打开雨刷，冒雨往十公里外的镇上奔去。

五十分钟后，刘团长从车上拎着两大兜肉夹馍和矿泉水下来，走到后台入口处，他突然愣住了。

舞台后侧门，眼熟的戏迷村民，有的端锅，有的端菜，有的拿馍，从自己家赶过来，眼看把门堵实了。几位等待上场的演员见缝插针，狼吞虎咽，一个个眼汪汪的。

台下，打伞来的村民挨挨挤挤。浑身透湿的村长，在舞台入门热情招呼着，一边喊着"快去叫人！"披着雨披和打着伞前来的村民，络绎不绝。

演出进行到一半，雨忽然住了。台上，演员越演越精神，越出彩；台下，村民去了雨伞披，一个个合不拢嘴，掌声喝彩声响成一片。

刘团长累了，一屁股坐到地上，啃了口馍，满足地笑了。他忽儿又眨巴下眼，好像记起什么。掏出手机给另一位村长回复短信息："请放心，明早八点到村布台！"发毕，一阵倦意袭来。毕竟三天没咋合眼，歪倒在墙角睡着了，呼噜打得震天响。村长见了，轻轻走过去，把一件雨披给他罩在身上，用双手拢了拢。

《商鞅立木》真是一台好戏！说的是：战国时秦国商鞅推新

法，置一木于城墙南门，告示有人搬此木至北门赏十金，众人不信。升至五十，一壮士搬木至北门，商鞅如约付赏，新法顺了民心得以推行，国威大振。

（2019 年 6 月 19 日《三门峡日报》，2019 年第 9 期《农家参谋》）

两平方米麦亩

◀ 老耿头

老耿头离休了，却没有离岗。

离而不休是由于他忠诚于自己的职业，也是他从朝鲜战场归来后几十年铸就的秉性。他曾放弃留在城市过舒服生活的机会，申请回家教书。不解者问之，老耿头嘿嘿一笑："住不惯。再说咱乡下娃子们也要识字哩！"闻者无一不暗笑老耿头的迂腐。

老耿头也结过婚，且属于晚婚。而立之年才同同校女教师结为伉俪。妻子极美丽极温柔，婚后一年有了可爱的小男孩盼盼。好景不长。文革初，老耿头被扣了帽子关了牛棚接受改造，妻子撇下儿子跟一个靠检举揭发别人做了什么部长的人走了。为了在改造之余辅导几个学生，忍痛将盼盼寄养在朋友家，尽管那时儿子是他唯一的精神慰藉。从牛棚出来后，他找到了在街头流浪的儿子时便一下子抱住嚎啕大哭，差点没让儿子窒息。

然而，屋漏偏逢连夜雨。老耿头到邻村教书，盼盼和本村十几个学生都跟上他在那里上学。路上要经过一座木桥。有一天大雨滂沱，桥给冲坏了。老耿头就一个个背孩子们过河，等他最后转身背儿子时，盼盼已经被大水冲跑了……失去了儿子，老耿头大病了一场。返校后继续给孩子们上课，从此，他以校为家，把爱倾注在自己的工作上。

摘掉了“老左”帽子，老耿头补发了不少工资。他把这些钱买了书和作业本，还时常接济家境穷困的学生。他曾供一个姓丁的孤儿上了大学。后来做了地区的副书记。好几次，丁书记接他到城里住。每次，老耿头都以住不惯为由偷着跑回来。老耿头吃得俭省，穿得更朴素，这些年许多孩子再也不需要他资助了，他就把工资定期存起来，许多人都猜测老耿头要找老伴了，他却不回答，只是憨笑。

教书构成了老耿头全部的生活内容，他曾多次获得“优秀教师”称号，而且还出席过省劳模大会。他曾多次主动放弃转正的机会，所以一直都是一个民办教师。两年前，老耿头被确诊为肺癌，这才不再上课。但他仍做些力所能及的事情。

从此，老耿头的影子出现在校园的花坛里。锄草、施肥、浇水，修枝，似乎总也忙不完。末了，就在一旁看孩子们蹦蹦跳跳地从他身边走过。偶尔听到一二句“耿爷爷好”的童音，老耿头的心头就涌起一阵潮湿，继而便眼泪盈满眼眶，伴着微风中摇曳的朵朵鲜花，使人们感觉老耿头的生命底蕴里潜伏着一些什么，那情景宛如夕阳中托起一丝朝晖。

一个平凡的深夜，老耿头永远地睡着了。他的左手里紧紧攥着一张手写的便条：“款寄 ' 希望工程 '”，枕头下面有一张 3 万元的活期存折。他的嘴微微歙开，象要向谁诉说什么……

（2018 年第 2 期《党课》，2023 年 4 月 19 日《教师报》）

◀ 灭火官

清明节上老坟，细雨霏霏。一大家子三三两两围着52座老坟挂完纸，三叩九拜。最后一项，挨到燃放闪光雷和鞭炮环节，儿子和侄子兴奋地用大拇指往下擦着打火机，往鞭炮的捻儿上凑。一边儿，闪光雷前人影晃动，也蓄势待发。

一忽儿必是焰火腾空，震耳欲聋。那叫一个壮观。大伙眼巴巴地，一个个目光满溢期待。

"住手，快给我住手！"

一个又黑又瘦，有点儿驼背的老头拄着拐杖，大声吆喝，气喘吁吁。

不用说，又是管事叔，爱管闲事的关叔。大伙的渴望的热火被一盆冷水浇个透心凉。一起愣住了。原以为他八十五了，雨天路滑，肯定来不了，一起捡个"漏"呢？

"您看，这么大年纪了，还跑来监督。这天下着雨，麦子才返青，一拃高。点个烟火，着不了火吧？"我嗫嚅着解释。

"以后上老坟不准点火。只要我活着一天，就要管，一管到底！"许是着了凉风，关叔剧烈地咳嗽。

大伙儿匆匆作鸟兽散。

"这个关叔，简直就是个霸道的灭火官。害得我们每年清明都过不了一把放鞭炮的瘾。"返程车上，我有点困惑。

"关爷咋恁爱管闲事呢？"儿子侄子齐声附和。要知道，从小爱放鞭炮、看烟火，可是一个男人勇敢的表现呢。

"你记得你十岁那年，吃过一年黑馍馍吗？"大哥笑问。

有这事。却是记忆有点模糊了。

大哥说，那年，刚刚包产到户。火麦连天，麦场里小麦捆儿堆成了小山包，又是一个大丰收年。被称作"咕噜蜂"的打麦机昼夜不停，后边排了老长的队。那天中午，骄阳白花花地直射脑门儿。我们一家接住打麦机正打算开打，忽然，北边隔壁麦场冒起一股黑烟，焦糊味儿扑过来。有人大喊，"失火啦，赶紧救火呀！"大伙儿，急慌慌找水桶脸盆，可是进不到跟前，就被蹿起一两米的火苗烧了胡子眉毛。又忽然来了大风，一忽儿工夫，风卷残云，火烧连营，两个麦场的麦子烧毁殆尽。束手无策。消防车来了，也只能把火冲灭，面对损失回天乏力。好在我们家的靠东路沿，在大伙帮忙下，连推带拉，把麦捆儿推到一米多深的路沿下，得以保全。可是接下来连续一周阴雨连绵，麦子沤烂，家人不舍得丢掉，就吃了一年味道难咽的黑面馍。

我一脸茫然，吃黑馍和关叔？风马牛不相及呀。

大哥继续说，俗话说，夜夜防贼，年年防火。这可是不重视安全生产的结果呀。不吃黑馍，难长记性，不知道后果严重、教训深刻吧。

我猛然记起，那场火后，关叔哭得最凶，喉咙都哭哑了。后来一年多都没见过他。

　　大哥解释，那是他进监狱了。关叔是生产队长，按规定每一家打麦前电工要检修一下，让连续工作的机器凉一会儿。关叔把这茬儿给忘了，派出所来人把他和电工都带走了，戴着手铐呢。走之前，开了现场会，围观的群众人山人海，一向风光爱说笑话的关叔耷拉着头，始终不敢抬头呢。

　　一朝被蛇咬，十年怕井绳。看来关叔是对的，我们笑话他"灭火官"是冤枉老人家了。

　　这使我记起后来另一件事。关叔为堂弟承包的预制板厂看大门兼厨师，看到工人半夜拉长钢筋，用卷扬机把拇指粗的钢筋生生硬拉成小拇指粗细的，立马火了。问工人，人命关天啊，究竟是谁胆子这么肥？得知是儿子想偷工减料，节省成本，关叔把堂弟从被窝里揪出来，拽着儿子现场教育。说把拉好的钢筋当废品卖了，你再敢这么干，我喊警察抓你。后来，堂弟一次喝酒后红着脸告诉我，亏了你关叔及时来灭火，及时止损。要不然亏大了，隔壁的预制板厂工头水泥标号不够，钢筋拉细，预制板楼坍，住户一死二伤。不但赔了80万元，人也进了牢房。捕判大会上了电视，人也丢大了。一辈子算栽了。

　　"关爷这个灭火官，是个老可爱呢？"儿子和侄子听得津津有味。

　　"看来，关叔是对的。这个灭火官真负责，我们要给他恢复名誉！到处宣传，夸夸他才对呢？"我和大哥相视一笑。

"明年上老坟，我们坚决不放鞭炮烟火。过一个文明的清明节，不能叫关叔再跑了！"儿子和侄子异口同声。

（2023 年 4 月 4 日《邯郸日报》）

两平方米麦亩

◀ 守
·······

新区落成，机关随迁。老区像个富翁赌输顷刻变成穷光蛋，不受待见。交警大队长征求留守意见，大家头扭一边不吱声。一个年轻中队长甚至上升到未婚妻因此会告吹的高度。

老荆跟烟头有仇似的，狠狠摁灭，"我留。我年纪大，爱啃硬骨头。也舍不得老区！"老荆不老，才四十拐弯。大家心中一齐伸出拇指赞。

为节省早晚半小时，多点时间值勤，老荆在离岗楼五十米租间简易房。大队长过意不去，要给他报销每月300元的房租。他倔脾气上来急了眼，"一码归一码，我这是私事，省点钱给辅警们发加班补助吧！"他把往返省下的一个小时，分两截：每天上岗提前半小时，下班推迟半小时。

岗楼西二百米有个老涵洞，排水不畅，梅雨季节下猛雨常蓄水。有个黄昏暴雨如注，一位女教师不知深浅，积水眼见没了车顶。老荆冒险冲进水中，将呛水昏迷的女教师背出送医。遗憾的是女教师还是因惊吓过度患上精神抑郁症，终生无法授课。

老荆痛悔，揪掉几撮头发。在协调城建部门改造涵洞之前半年，只要一下雨一准自动值守桥口。穿没膝胶鞋入洞量了积水涉险尺寸，在另外一侧用红漆画上警戒线，写上"超线禁驶，可以保命！"

老城位于城东南，道路狭窄，车流物流造成交通压力大。一不小心，就成"肠梗阻"。四条斜胡同，违章停车，压线行驶屡禁不止。市里对这个交通治安"乱点"很头疼，要求挂牌整治。

一个周末，老荆查处一台前四后八疑似超限车辆，对方悄悄拿钱往老荆口袋里塞，被他严词拒绝。驾驶员一看行贿不成，连忙托老荆老战友说情。

"不是不给老战友面子，可面子再大，能大过国法？还是老百姓的命呀？你如果为他好，保他平安，就让他乖乖接受处罚！"

经检测，该车超限率达到210%，按规定需切割高边，罚款万元。驾驶人气急，对老荆放狠话，"我只是多拉了一点货，你这样收拾我，我也不让你好过。"

老荆心中挂着百姓安危，一点儿也不怕。他稳住驾驶人的情绪，把他带到办公室，掏心窝子地讲述超限超载的巨大危害，还播放因超载引发惨祸场景给驾驶人看。驾驶人心悦诚服接受了行政处罚，还当了超限危险的"宣传员"。

妻子担心老荆的冠心病，与他吵架，让他对家多上点心。为此双方怄气一周，妻子到底赌不过老荆的倔脾气，先败下阵来，只好常带上药一边提醒老荆吃药，一边义务执勤小红旗。有回红绿灯坏了，老荆疏导时想起局长批他，县长司机骑车载人逆行，睁只眼闭眼算了，怎么还顶格处罚。郁闷时走了神，忘了指挥动作，一辆三轮车违法载人，还轧伤两名上学学生。老荆下班后给受伤学生送饭护理，心里难过了很久，彻夜难眠。

岗亭对面有家肉夹馍店，中年老板不时地伸头看看老荆执勤。一会手里拿着两个塑料袋子走了过来，"我看你每天挺辛苦的！从早上6点就开始了，有你们在就不堵车了，给！拿两个肉夹馍先垫垫肚子吧！"

老荆再三推辞，可他执意要给，看到他满脸诚意，自己正在值勤，只好道谢收下。老板转身回店。老荆对辅警小王"人家是小本生意，与我们非亲非故的，怎好意思占人家便宜？我给你转20元红包，你去付钱！"

小王跟上到店，趁老板忙不注意悄悄转了20元钱。

一次高峰期，老荆发现一车行驶路线不正常，闯红灯那一瞬，蹿过去挡在正过红绿灯一对老人面前，自己脚受伤。经查，驾驶员酒后驾驶构成醉驾被拘留。二位老人赶过来的女儿长跪不起，感谢老荆救命之恩。半天拉不起来，老荆只好跪下来扶。事后有人说穿警服戴警徽不跪不严肃。老荆抚摸着党徽，脖子一梗，"百姓是衣食父母，我们是人民交警，父母先跪，我们跪怎么会错！"

老荆老了。可他该退不退，退而不休。每天陪年轻同事当义务"替补队员"。老区新建了人工天桥，走的人少了，他仍然选择坚守。

扛回全国文明岗和先锋号牌子。老城全部搬迁最后一天，老荆突然倒下，经全力抢救，转危为安。却留下了半边不遂的后遗症。儿子送他的小电扇和暖手宝，连封都没开过。妻子说他忙起来像螺旋桨，太拼了，没空用。现在身体功能受限，用不了了。

坐在轮椅上的老荆瘦了一圈，妻子推着他常到岗亭旁嘹望，偶尔还流着涎水向正值高峰岗的同事们伸拇指。

老荆痴呆了。他看桥一片模糊，像涵洞的积水，又像一幅浮雕，一片汪洋。

正值勤的辅警小王眼角不争气地滑落一串晶莹。他想起自己转述别人看待交警职业像个"马路橛子"，老荆笑里含威，"只要立得直树得正，咱把橛子站成一道风景！"

那座新建的桥成为老城一道风景。桥身像哨腹鼓起的肚子，人们喊它"爱民桥"。

爱民。正是老荆的名字。

（2022年6月22日《梅州日报》，2024年6月12日《河南法制报》）

第四辑

古韵新声

◆ 会盟传奇

    战国时期，群雄逐鹿中原，民不聊生。北濒黄河的豫西渑池城，因处洛阳长安之间，地势险要，更是狼烟四起，寸土寸血。

    距渑池城北十里处，有一仰韶千人部落村。因地处国力积弱的弹丸之地韩国，秦国和赵国鞭长莫及。民倒可偏安一隅，拒参与官战纷争，专事农桑，一派世外桃源景象。村人世代酿酒御寒成习，强体健质，以产名酒"醴泉春"而声隆天下。醴泉水质优良，色香味配置精当，乃七国酒中极品。

    仰韶村"醴泉春"主打三种。一曰浓烈的"一剑封喉"酒，二曰平柔的"中庸之道"酒，三曰恬淡的"回归天然"酒。其中，"一剑封喉"酒因萃取技术所限，产量极低，即便贵族王侯也一杯难求。纵然圆形方孔的秦半两钱这种硬通货，一麻袋也只能换二两。民间传言有云，"一剑封喉酒，疾病绕着走。有幸求一口，人生不知愁！"

    公元前279年，秦赵两国议定在渑池西河之外进行会盟。"一剑封喉"酒因度设界，平定大国之战，成就一段历史佳话。

    会盟时秦王以强凌弱，胁迫赵王鼓瑟且令记入秦史。蔺相如愤然而起，请秦王击缶，秦王怒而不允，蔺相如正气凛然迫使秦王击缶，亦令记入赵史。秦王随员恼羞成怒，让赵国割15座城池给秦王祝寿，蔺相如寸土不让，则要秦国献都城咸阳做赵王寿礼。

双方锱铢必较，睚眦必报，剑拔弩张，一场血战一触即发。血雨腥风如黑云压城。

忽护卫传，"有韩国渑池仰韶村父子二人上殿，为会盟庆典献宝！"

话未毕，但见，父子模样二人上襦下裤，如风行飘逸而至殿前。

父四十岁许，阔目修身，一袭黑衣装扮，脖颈下却结条红巾，分外耀目。子年近弱冠，眉清目秀，一身素白难掩玉树临风风流，目光左右睃巡，不严而威。

"此乃大国间礼仪之地，尔等安敢放肆！不惧朕赐尔等一死？"秦王正遇蔺相如逼迫击缶，难堪愠怒之时，欲借杀此二人好杀鸡骇猴让赵王看，掩饰受辱窘态。

"两国交兵，不斩来使！况吾为平民。无民君不立，两大国之战，宁不伤民乎？！今吾父子为天下民生计，有何惧哉！"黑衣人正气凛然，"七国中尤以秦赵为雄，今两虎相斗，必一伤一亡，为他国笑料！陛下三思后行可乎！"

"是战是和，君王之事。汝区区小国一介草民，岂能无礼？！"赵王在蔺相如眼神示意鼓动下，色厉内荏，也勃然作色。

"吾全身重孝，父子性命早度外矣！"白衣人面色庄严悲戚，"况今冒天下之大不韪，仅为献宝！尔等喝下此酒，要杀要剐请便！"

"好汉且慢，此酒何名？"蔺相如瞪目质疑。

"江湖传说一剑封喉！"白衣少年铿锵作答。

秦王赵王惊疑，众侍卫闻声脸色陡变。纷纷近前，弯弓搭箭，刀剑出鞘。

"诚为醴泉春之极品，乃神酒也！"唯见过世面的蔺相如面容镇静若水，"此酒名虽暴烈，入胃温和，可养静思之仪，气定神闲，绝冒昧慌断之策！"

父子二人似乎早已洞悉众君臣目光之疑因，担心酒中藏毒。未等人上前查验，黑衣人已从背上解下酒囊，用力"嘭"然开盖抿下一口，以示此酒无毒可以安饮。

秦赵二王忽觉一股浓郁芳香扑鼻而来，竟口中生涎。须臾，满室弥漫幽香，两侧满朝文武吞咽之声不绝于耳。

白衣人双手各执一只鸟雀青铜爵，黑衣人将瓶高倾，酒似一道银线逐一飞泻。爵中玉洁冰澈，晶莹剔透，凝若朝露，满而不溢。银线收起，眨眼间已分列秦王赵王案几。

赵王忍不住出手，顾不上以袖掩面，端起"嗞"声入口，但觉口感绵甜，略带苹果香味，精神不禁为之一振；秦王置王者威仪于不顾，一饮而尽，顿觉清爽甘冽。适才与蔺相如战的头晕脑涨之感立消，有回味悠长之美。二人不约而同，连声齐叹三声"好酒！"

二人酒毕，再思父子冒死之谏，却是真理。同忆起三年前，秦国派大将白起攻取了赵几座城池，赵军二万余人被杀，却仍英勇抗击，秦军攻势被遏制，加上瘟疫，死伤不计其数。念生灵涂炭至此，悲从心生，二人似有清泪盈眶。

正欲再来一杯，而后言谢还礼。却见不知何时，父子两人已如土行孙土遁般，早已不见了踪影。

秦赵二王回味酒香，反思顿悟战而无益，劳民伤财，国力殆尽，必然消亡，让五国坐收渔翁之利。遂相视一笑泯了恩仇，令随从取来和书，签字盖上玉玺了战。

从此，由秦赵始，"醴泉春"被七国陆续定为三军庆功酒。直至嬴政灭六国，一统天下，最终成为秦国御宴专用酒。

奇怪的是，秦王派员前往仰韶村答谢黑白衣父子，竟遍寻不见。千金昭告寻人，未果。

所奇者，仰韶村三位常以酒为主饮的百岁老人，鹤发童颜，腿脚灵便如青壮年。汉代，一位自仰韶村出家的高僧喝酒十载，日日不断，平生无疾，居然坐化为金刚不腐之身。世人惊异，传为奇谈。

古之"醴泉春"，今仰韶酒也。

（2021年《百花园》增刊，2024年第1期《中原作家》）

◀ 遭遇秦王

夜色如水。

恍惚中，我斗笠蓑衣，独乘一叶扁舟，撑一杆瘦竹，自繁华若梦的东海黄浦江口溯流而上。一路穿过清风明雨，沿宋运河迤逦而行，西向泱泱唐都长安，隋朝、十国五代与南北朝在身后似倒影般疾驰而过，一忽儿甩过两晋三国大汉时空，直达先秦孔雀河。

驻足巴颜喀拉山北麓，各姿各雅山夜色浓重。凝露苍苍，薄雾茫茫。卡日曲河水清澈见底，游鱼如梭。黑黢黢的约古宗列盆地，泉水喷涌翻滚，汩汩有声。星宿海之上与卡日曲汇合而成母亲河源头——玛曲，藏语又曰孔雀河。

子夜时分，万籁俱寂，北斗七星似有若无，忽隐忽现。我横舟河心，疲惫袭身，恹恹欲睡，正欲小憩。忽闻北岸隐隐约约滑过一丝沉重的太息。

举目眺望，景物迷离，烟火弥漫。但见月色下影影绰绰，林木缭绕，水草冷洌沉默。一人星眉阔目，峨冠博戴，身材修长，腰佩长剑，端坐岸石。右手持一柄丈余修杆，由粗渐变为细垂向河中，面庞阴峻如铁。此人头顶皇冠上珍珠帘闪烁明灭，风过哗然做声，不绝于耳。举目细视，乃秦王嬴政。

"思当年君13岁即位，39岁秦吞六国一统天下，华夏文明五千载，独开两千年帝制先河，功莫大焉。叱咤风云，千古一帝。王何故而长太息？"

始皇在位时中央实行三公九卿，管理国事。地方上废除分封制，代以郡县制，同时书同文，车同轨，统一度量衡。对外北击匈奴，南征百越，修筑万里长城，修筑灵渠，沟通水系。功可比三皇五帝，回光返照，先自反思。我惊诧之余，斗胆冒昧率先发问。一边化蒿为鱼竿，在鱼钩上塞进半尾蚯蚓，用力抛向河去。长长的钓线带着嗖嗖风声，落入河心，溅起一道水花，正好掩饰偶遇始皇的惊慌。

"吾既称始皇，是为传承江山于千秋万代，岂料至二世胡亥，陈胜吴广揭竿而起，秦国大厦顷刻间灰飞烟灭。汉武后来居上，疆土倍增，罢黜百家，独尊儒术，一统思想。虽自古天下分久必合，合久必分，仍心犹不甘。想那秦先之春秋孔丘，野合而生，初为一介寒儒。后游学而为圣人，大成至圣先师、万世师表，子孙相传八十三代，家谱长续两千五百年而载史河。吾以帝国之雄乃不可传后，政不及文，昙花一现，为天下人耻笑，反差殊甚。莫非真如后人云，万般皆下品，唯有读书高乎？抑或文化国之魂也？呜呼悲哉！"

夜穹如帷，漫卷无垠，深阔辽远，变幻莫测。彼岸山谷似有铿锵回音传来。

"日月尚有寿终之时，人如草木，一荣一枯寻常事，花开花谢，再开亦是主人。帝王胸怀天下以此为虑，何足叹息？"我百思不得其解，难以释怀，再次发问。

"后人焚书坑儒之说强加于我，实乃冤哉枉也！我寻求不老之方，徐福巧言令色，带走我三千童男童女乘舟东赴瀛洲，一去不返。后始知捎回之方乃今奇异果，我明察而断，愤而难平，将天下巫师妖婆悉数聚集，挖巨坑以掩，绳之以法，是为不诚信骗术者引以为戒。奈何被诬为焚书坑儒，故复长叹也！"始皇仰天而语，愤愤不平。

夜凉如冰，山色空蒙。

我心有戚戚。嬴政暮年，求仙梦欲长生，人之常情，为视野限，情犹可原。徐福以猕猴桃忽悠秦王，欺君之骗，罪不容赎。不虞却引发一段尘封冤案，世事变化难料，我也徒生无奈感慨。盖棺论定，亦应尊重史实。正思忖之间，忽闻又一声哀叹如风贯耳。

"大王一世英明，应再无憾事，况金无足赤，人无完人，何故再叹？！"我一时懵懵懂懂，困惑难解。

"君如汝足下之舟，而民如孔雀河水。载舟覆舟全于民心向背，苛政虐民，动摇统治根基，吾虽贵为开先河之一代枭雄，然疆不及元，盛不如唐。知之如泼出之水，晚矣！"秦王悔恨交加，似有泪光溢眶。

"三十万子民修长城十数载，我无视孟姜女之哭夫难归；修阿房宫，为一时享乐而疏忽民役之苦累沉赋，况终为楚王项羽付之一炬；八十万劳役三十八载修皇陵，劳民而伤财；毁天下之万千兵器而烧铸十二金人，一为夸耀武功、粉饰太平，二为防止人民反抗，以为民手无寸铁难成气候可安坐江山。前车之鉴，以史为镜，今始知重百姓兴，轻百姓亡。轻视民心，教训深矣！故重叹息，惶恐不安之至！"

嬴政声若洪钟，呼吸颤栗，钓竿随手抖动，一颗流星籁然从天际飞落，消匿无声。

语未毕，又一声叹息自鼻翼下哽咽而出，怅然若失。

我阒然心惊。沧海桑田，斗转星移。即使是百年王朝，在历史的长河中也只是浮沉兴亡的一颗砂砾。兴盛与衰落，此起彼伏，荣耀与富贵，也如浮光掠影般烟消云散。虽闻事不过三，然长叹自始皇口再出，令人难解其惑。

"此叹为用人失察矣！思百里奚为上卿，力荐其贵人蹇叔一起事秦，我有双上卿助；其妻辗转觅其踪迹，并以五羊皮故事揭他老底，其不嫌弃糟糠之妻；一生清廉，为百姓爱戴！"未及问讯，嬴政居然扪心自问，自问自答。

深邃远空，月隐云翳，混混沌沌。似有滚雷，万钧之势，几欲压城。

我对于百里奚之三品钦佩有加。于百姓而言，第三条乃最贵重之德。嬴政贵为帝王有此认知，幡然醒悟，令人钦敬，继而动容。

果然，嬴政话锋陡转："奈何百里奚早去。商鞅变法虽致国富却民生凋敝，且连坐法株连族邻，酷刑加身积怨甚深；赵良谏恃德者昌，恃力者之，实箴言也。故商鞅车裂而死不足惜！大秦江山毁于一旦，悔不当初也！"

我亦赞之。人无德不立，无信不可。一人有无德行何处看？政声人去后，民意闲谈时。百里奚之虚怀若谷与商鞅前呼后拥之高调比，天壤之别。史实对比，孰轻孰重，功过评说，昭然若揭。

"思我纵横一生，曾于秦赵会盟时受蔺相如击缶之耻而隐忍，较韩信胯下之辱，过犹不及。白手起家，尽心竭力而雄霸天下。倘假以时日，岁月重回，当效三国刘备三顾茅庐礼贤下士，有诸葛亮七擒孟获之胸怀；文若有机敏忠贞三朝拜相之姚崇，武有散尽家财招兵买马为保社稷而逝、一门双烈抗金英雄张玘，何愁江山不如日月星辰之恒久，昆仑崤韩函固若金汤之坚也！诚如是，则不羡文景、开皇、开元、贞观之治，亦可呈现大秦盛世！"

正欲为嬴政三叹而击节而赞，却见他甩竿而起，大步流星衣袂飞扬，径直飘逸而去。忽儿，踪影全无。

远山，夜幕四合，水流如川，暮岚深深，猿啼声声。河宽水浅，流速渐缓。举目远眺，启明星熠熠生辉，但见数不清的水泊在星光下闪闪发亮，犹如孔雀开屏，煞是壮观。

收竿细视，线末处钩上蚯蚓不知所终。近舟处，鱼翔浅底，自由而歌。我与秦王垂钓一夜，双双一无所获。所幸对语三叹，思绪盈怀，感慨良多，受益匪浅。

忽闻秦王起身处水花哗然作响。我径自弃舟，三步并作两步前往，踉跄欲跌。但见一尾锦鲤，青黑巨首，于岸石前一米河水中衔线盘旋，约三尺许，近百斤。我欣喜若狂，遂双手抓握其尾，鱼却兀自纹丝不动，细视其拳头大口，麻绳钓线尽头竟是一枚直直的寸长银针，并无卡喉。我惊奇不已，如获至宝，哈哈大笑，音荡河谷。

笑醒，曦光初上，旭日扑窗。遍找枕畔，银针锦鲤不知其踪，竹篙与舟皆寻不见，原来却是时空幻觉，南柯一梦。

（2018 年第 2 期《敕勒川》）

◀ 雪泥飞鸿

公元 1056 年五月。崤函古道。

苏洵白马居中，苏轼苏辙二兄弟一左一右并辔前行。

铃铛声此起彼伏，六只鸿雁一字排开"嘎嘎"飞过，愈显岑寂旷远。

苏轼望着脚下古人战车负重留下马蹄掌印，怀古幽情随尘土飞扬。

晌午，阳光白晃晃直射，没了遮拦，空气像渗了辣椒面。三人汗如雨浇。

赴京赶考这一程，出成都，奔阆州，溯嘉陵江至川北，自金牛道入褒斜谷，经长安，出关中。21 岁首次离家远行，风餐露宿。大宋峻山秀水时时给他以新奇和惊喜。

"咴儿咴儿"身下马长嘶后訇然倒地，湿漉漉的肚子剧烈起伏。

苏辙惊叫一声，苏洵眉毛拧成一个结。苏轼心尖揪疼。

两个月日日赶路，活活将马累死。马才两岁，一路活蹦乱跳，给过他多少美好记忆。

"奈何！奈何！"苏洵目露悲戚，"道北挖坑就地浅埋！"

"未若赠予村民！"苏轼直面父亲，"探路偶遇行者瘦骨如柴，脸如菜色，分明饥馑过度。"

苏辙脚快，一忽儿叫来甘壕村老宗子和村里屠夫。老宗子欲奉八两碎银，三人拒收。担心天色已晚，前向路有刀客出没凶险，力劝留宿，苏洵执意赶路。三人向农户购一头跛脚驴，继续赶路。驴叫声呕哑嘲哳，倒也排去几多寂寞。

老宗子偷偷排人在后护送跟至英豪始返。

夜幕下，涧河清洌汩汩东流，清风拂面，宛若世外桃源。三人栖宿南岸寺庙，仙风道骨的奉闲和尚施礼相迎。人困马乏，奉闲与苏洵举茶畅谈。得知苏轼兄弟为失马而忧郁，让小沙弥带二人往城中酒肆。说起小马死不瞑目之惨，苏辙眼泪又淌下来。

"京城赶考，紧张是我们。想不到先把小马紧张死了！"苏轼用玩笑为弟弟释怀。

子夜，返回寺庙，父亲已佝偻而卧酣睡。思及父亲科考不利，一度欲终老林泉。今为儿子前程奔波，酸楚盈怀。

奉闲盛上熬好的两碗坻坞小米粥，给二人习惯了南方大米甜软的口腹以惊喜。

兄弟二人雅兴正浓，向其问道。

"人生如逆旅，你我皆行人，背负太多，旅途负累。"奉闲一字一板，"好的人生是做减法，越简单越快乐！"

三人兴起，奉闲力邀二人在墙上留下墨宝。苏辙说将来考取功名就在此地为官，二人纵笔涂鸦，挥斥方遒，酣畅淋漓。

奉闲在二人诗中间题诗，"苏洵父子三人行，千里赶考赴汴京。夜宿无寐会盟城，把酒醴泉诗天成！"字体工正，隽秀有力。

苏轼望着墙上兄弟二人的七律，又端详奉闲占半七绝，感觉意犹未尽的诧异。夜，温柔似水。风滑过寺庙古树，松涛阵阵，蝉鸣片片。

奉闲邀次日晨赴城北观冯异古城，兄弟雀跃回应。

日上三竿，鸿雁的长鸣将苏轼惊醒。时紧赶路，冯异城难以成行。奉闲携小沙弥送行，送上半袋鲜红脆甜的西村大杏。

奉闲赠上"道贯古今，通达人生！"苏轼如获至宝。

苏轼急转身，在屋内枕下悄悄放下五两纹银。

汴梁一考，兄弟榜上有名。城内城外惊为天人。

苏轼考取新科进士，拜入欧阳修门下。苏辙居然如愿渑池主簿。因母亲去世返乡守孝而未赴任。

冬天，下了一场厚厚的大雪。雪后初霁，玉树琼枝。一只鸿雁在杨树下觅食，旁若无人。爪之所至，足迹依稀可辨点点红泥。欲近前细观，鸿雁叫着直冲云天。像飞刀划过丝绸的声音。

1061年仲秋，苏轼赴陕西凤翔做官，苏辙送兄至郑州。别时赋诗，"相携话别郑原上，共道长途怕雪泥。"

苏轼沉默无语凝咽，洒泪西去。

经渑池，寺庙肃穆依旧。奉闲三年前已作古，骨灰盒被封进寺中塔内。随小沙弥找曾住客房坍塌，诗斑难辨。崤函古道小马临终前血红眼神，甘豪村民善意护送，汴京雪后飞鸿泥痕，唏嘘不已。油然吟出"人生到处知何似，应似飞鸿踏雪泥。"提笔修书回寄苏辙。

小沙弥递上奉闲手迹，"风华一代自兹去，大道至简秀文功。唯寄甲科期高中，大宋才俊留芳名！"正是七律诗之后半首。

苏轼释然。忽忆起酒后懒床与奉闲爽约冯异古城，引为终憾事，眉头重蹙。

"失之东隅，收之桑榆。"一句翩若惊鸿飞入脑海。

汴京的那场大雪，飞鸿裂帛般响翠鸣，妙不可言。

（2023 年 3 月 1 日《三门峡日报》,《百花园》2023 年第 6 期，2023 年 6 月 16 日《文摘周刊》）

两平方米麦苗

◀ 曹端埋妻

公元 1433 年 4 月 17 日，日暮。

大堂内，庄严肃穆；堂外，残阳如血。

"太医言夫人病危！"侍从对曹端小声而语，言辞焦灼。

"且待我劝完这桩邻间诉讼，立刻就归！"曹端眉如重霜，面仍沉静若水。

"承蒙先生教化，我等二人愿各让一步，从此停讼和解！"堂下二人羞愧难当，握手言和，向曹端跪谢。

"夫人已去矣！先生节哀！"太医面容悲戚。曹端握紧夫人渐凉渐沉的右手，泪湿襟袖。

往事如昨。夫人陈氏敬祖孝父，令亲族和睦，对子女慈爱。侍从三次报妻病急，因为公教化，顷刻间与妻阴阳两隔，竟未临终一见，徒留痛憾。

"管家，家中还有多少米？"

"先生月俸本不少，但昔时常接济乡邻百姓。缺衣者脱衣相送，短路费者口粮相赠。今家资仅二十五石，银两八十一两。"

曹端心里沸腾复忐忑：人皆云叶落归根，妻子 19 岁随己近

40年，含辛抚育子女，仪表言行民之范。夫妻相敬如宾，礼当魂归故土渑池。自己异地霍州为官25年，何尝不愿故去后与父母同冢？以解阳间未尽孝之憾！

但霍州距渑池六七百里之遥。所剩家资此番单程送妻归乡应当够，可是返回呢？自己徒步受些颠簸苦累无妨，随行者食宿杂资何来？且如自己故去，又是一番双倍耗费资力的折磨。

罢了罢了。毕竟，逝者已矣，生者尚在路上。况自己青春韶华为霍州花开花谢，早已视霍州为第二故乡。活着，生存第一要务。倘妻有灵，当颔首同感。

"依百姓习俗，唯告知近亲友，曹端后日埋妻霍州！"

"既难归故里，何不厚葬？望先生三思！"管家愕然。

人故去，以土、雪、落叶盖为埋；入殓、入土，各种祭祀活动为葬。管家服侍曹端经年，何尝不知埋与葬之分？

"奢靡之风不可长，勤俭人家岁月长。正人先正己，我为霍州学正，应履教化育人之责，岂能高民一等？"

"人从生到死，赤条条来去，何曾能带走一丝一毫？名利从来都在别人眼里，何不慎独，做回自己？"思及此，曹端叹息后淡然拂袖。

"先生贵为大明朝廷命官，不厚葬嫂夫人，岂不为天下落笑炳？"霍州同知进门，劝言曹端，"今携银两五十，略表寸心！"

"思月川九品学正，承蒙皇恩，薪高从六品。我等二人，月俸均七石有余，年近百石。加工则需240石稻谷，耕牛2头；田间6人耕种，需要600多挑，走1200里。俸禄看似不多，养家有余。今若为一己之丧亲而铺张，令百姓筋骨劳苦，寝食难安！"曹端对同知一揖叩谢，"弟应知我秉性，心意已领，银两相赠实难从命！"

管家见同知拿银两退出，料曹端再难收一物，将前来送别夫人的亲友礼金一一退还。

曾经买米捡金钗寻主，后因诚信经商致富的商人，手执被拒银两，面向曹端长跪不起，曹端跪下回谢。

昔日中年丧夫的妇人，欲卖子葬夫，因曹端捐席而葬，又资布二匹得以生存的母子，也闻讯为夫人千里奔丧，感激涕零，相拥而泣。

"已备祭品，请带上。"时至"五七"祭日，管家夫人携备好的肉类瓜果，提醒曹端。

"今夜月朗风清，清风和明月乃上天赐予我最佳祭品，何须破费！"曹端言毕，一人独自掩门而去。

清风和畅。明月当空。霍州东杜苏沟村西南垣，曹端跪坐妻子墓前，直至拂晓。

半年后。曹端病死于霍州学正官署，享年 59 岁。因清贫无力归葬，与妻子合葬于霍州。

霍州人闻讯罢市巷哭，儿童流泪哀伤。诸生若丧考妣，为之服心丧三年。

十三年后。翰林学士黄谏捐资，曹端夫妻得以迁回渑池曹滹沱村安葬，终得魂归故土。

（2018 年全国"仰韶杯"小小说征文优秀奖）

◀ 三重门

午阳如泻瀑。月川粘好红对联，先左后右挥笔而就。正思横批如何遣词，饿意袭胃。

支锅添水，捡柴入灶。渑池坻坞小米与霍州小米各抓一把，管家已递过切好的红薯片。未几，粥熟飘香。东向家乡跪拜，伴着淖好盐腌的苦瓜下饭。半碗下肚，王知府飘然而至。

"渑池至霍州三日即达，先生如何用了七日？"

"沿途步行而来，初入晋地了解贵地民生风俗，故姗姗来迟！"

"不曾骑马？如此，舟车劳顿，府上已备酒宴为先生接风洗尘！"

"恕难从命。这等俗礼还是改了为妙。"

"历朝历代规矩岂能更改？置知府大人颜面于何地？"随行官员愠怒。

"去岁霍州蝗灾，春又大旱，如今青黄不接，百姓饥肠辘辘。赴宴怕增加百姓负担，引发奢靡之风。故宁失大人颜面，也不可失民心！"月川向王知府一揖，"渑霍两地米合一而煮味道特殊，如不嫌弃一块尝尝！"

"有一干公事在身，先生忆苦思甜饭改日再用！月川言之有理，从此接风洗尘俗礼免了！"王知府望着月川门两侧"为师当阅万卷书，做官不贪一杯酒"对联，心下叹服。拾笔写上横批"曹开好端"，转身而去。

饭毕，月川独步霍州街巷，入一茶肆。三秀才边饮边议，窃窃私语。但闻月川入晋主持乡试，一外地九品学正有何德何能典试大省大考，间以摇头大笑。

返回署衙，接吏部史郎李大人一封修书，信言照顾其外甥，后相互照应。另有二同僚请托者持银锭与地契偏门求见。月川蹙眉，将修书弃地，吩咐拒见。

"巡抚力邀主持全省乡试，诚惶诚恐，必须看好此门。国录大计，责任重大。取士要公平。就像盖房屋，用根一朽木，必定会弃一良材。"次日早，月川主持典试五考官会月川率先开口。

"吏部位高权重，顶头上司岂能得罪？"众考官纷纷劝阻。

"师表为范，身正为端。名利若浮云，富贵如敝屣，财多污人心！"月川一脸肃容，"千里入晋为国选才，位虽卑未敢忘朝廷社稷，月川一心只求公正！"掂笔蘸墨，回复吏部史郎，"天道原是秉至公，受天明命列人中。论才若不依天道，王法虽容天不容。"一气呵成，劲直有力。信中，一枚莲籽附内。

十日后，批完试卷依分定出名次。子夜，皓月当空，月川心如止水。试卷封皮上写"至公无私，鬼神鉴察。"倒头酣然入梦。

吏部侍郎至亲名落孙山，人人惊异。自此三次大考再无人再向月川说情。私下收礼的考官也将礼金一一退还。

山西参政张公景仰月川大考之门端正，挥笔写下"廉静"相赠。

公元1433年4月17日，日暮。月川公堂正调解一民间纠纷，忽报病重夫人离去。即悲从中来，忐忑内疚。异地霍州为官25年，妻子19岁随己近40载，含辛抚育子女，夫妻相敬如宾，叶落归根，礼当魂归故土。然霍州距渑池六七百里之遥。接济家贫考生，所剩家资单程送妻归乡当够，返回自己徒步受些颠簸苦累勿妨，随行者食宿杂资何来？且如自己故去，又是一番双倍耗费资力折磨。

算了。既然自己说过霍州第二故乡，谢花开花谢一杯土。告知管家，按照百姓习俗，埋妻霍州。

人故去，以土、雪、落叶盖为埋。管家服侍曹端多年，情感深厚，力求良棺厚葬。

"生死赤条来去，何曾带走丝毫？思月川年俸百石，加工则需240石稻谷，耕牛2头；田间6人耕种，需要600多挑，走1200里。看似不多，养家有余。正人先正己，今若铺张，难看自家门，为人耻笑。我为霍州学正，教化于人，岂能高民一等？"

"五七"祭日，管家备好肉类瓜果。月川视而不见。

"清风明月可为祭，何须破费！"言毕独自掩门而去。

这一夜，风疏月朗。霍州东杜苏沟村西南垣，月川跪坐妻子墓前，清泪长流至拂晓。

一樵夫代付柴资小米中，意外得一金钗。次日将金钗送还，有人取笑。樵夫相斥，"月川先生异地为官成风化雨，霍州人岂能不知教化？"月川得知，亲将金钗还主一事载于霍州方志。一时，霍州城民风大变，诚信淳朴，人心向善，夜不闭户。

月川，姓曹名端，字正夫。"公廉说"首倡者，人称"明代理学之冠"。

（2021年3月2日《三门峡日报》，入选2021年《河南文学作品选小小说卷》）

◀ 当 归

张机冷峻的脸上两坨眉毛拧成一团火。村民王叔尸骨未寒，因家贫无力埋葬，王婶守了一七染上瘟疫，水米无进，全身肿得像大汽球，他配熬的中药进攻乏力，在他眼前死不瞑目。

他五岁能诵《诗经》被誉神童如何？翻破了《黄帝内经》又如何？最喜欢扁鹊《难经》提出81个问答，徒叹奈何。

东汉政府黑得太不靠谱，瓦房坡上撒把枣能砸到六个军阀。宦官豪强土匪天天拉锯，百姓家为避战乱，纷纷逃亡。恒帝这一任大疫三次，百万人流离失所，日子哑巴吞黄连般的苦。

张机望望墙上左侧十几个"正"，右手颤抖着往右墙上画下第三横。救了近百条人命，从自己手下救治无望丧生的三条，不是蚂蚁，命呀？

可眼下一边是做官的父亲张宗汉多次劝他从政耀祖；一边是数以万计百姓活生生的命。沉思三日，他觉得还是百姓命要紧。索性拜南阳郡名医张伯祖为师，张机外出诊病、抄方抓药、上山采药、回家炮制，一声苦也不吭。师傅欣喜之余将浑身解数传授。

又三年，张机心上像同时被插上三把利刃，阵阵揪痛从内往四肢百骸蔓延，引发太阳穴紧痛。

灵帝时大疫五次，病魔吞噬百姓无数，十室九空。南阳爆发瘟疫，张机 260 人的旺族，数年间仅余 72 人，170 人死于伤寒。

瘟疫肆虐，家人不保。张机内心痛下决心，行医游历，救治难民。尽管张机讨厌官场，但为从孝，还是从命担任二十万户中推举的孝廉，36 岁被朝廷指派为下辖 9 县的长沙郡太守。

做官不能随便进入民宅，接近百姓，等级森严无法看病。张机让衙役贴出告示，每月初一和十五两天，大开衙门，不问政事，让有病百姓看病，百姓叫他"坐堂官"。听说襄阳城里同济堂有个绰号"王神仙"，善疗扼背疮。他背着干粮行李，长途跋涉三百里拜师，得到独门绝方。

七旬名医沈槐未有子女，惆怅成疾，当地郎中都成缩头乌龟。张机闻知，直奔细察原为心病。用五谷杂粮面各一斤搓丸，外涂朱砂，叫病人一顿食用。五谷杂粮能医病？一顿吃五斤面？同行郎中来看沈槐，他一心想笑，手指药丸背后奚落张机，不知不觉病好了。张机来拜访，沈槐恍然大悟，佩服惭愧，当即传了全部家宝。

张机告老还乡，雪花纷飞。白河边，无家可归的人面黄肌瘦，衣不遮体，因为奇寒耳朵都冻烂了，张机心如刀绞。回到家后，上门求医者队排了一里多。他有求必应，忙碌得脚不沾地。可眼前依然挂念那些冻烂耳朵的百姓。

潜心半月，他研制了一个可以御寒的食疗方，叫"祛寒娇耳汤"。冬至，带徒弟在南阳东关的一个空地搭了个棚子，支上大锅，为穷人舍药治病。把羊肉和一些祛寒的药物放在锅里煮，熟了以后捞出来切碎，用面皮包成耳朵的样子，再下锅煮熟。每个穷人一碗汤，2 个"娇耳"。百姓喝了汤，浑身发暖，两耳生热，再也没人耳朵冻伤。

张机辞官来到岭南隐居，潜心十年，60 岁终成 16 卷《伤寒杂病论》，实收方剂 269 个。

临终前，张机的"诊断计量墙"四壁"正"号满满当当。治疗脑炎的白虎汤、治疗肺炎的麻黄杏仁石膏甘草汤，救人双双过万，自缢人工呼吸救活 568 人，喝毒药用人工灌肠救活 876 人。

张机临终前，自知来日不多。长沙来探望的百姓，想接他回去，与南阳百姓争得不可开交，几乎要动手。

张机双眉紧锁，手指南方，用笔写下"当归"就故去了。众人不解，其妻说，你们抬着棺材从南阳往长沙走，灵绳在什么地方断了，就葬在哪里。

正是冬至。送葬队伍走到当年为大家舍汤的地方，棺绳忽然断了。两地百姓就地打墓、下棺、填坟。你一挑、我一担，川流不息，筑了大大的坟丘，还在坟前修庙，成为当今的医圣祠。

张机，字仲景。河南南阳涅阳县人，后人称"医圣"。

两平方米麦亩

◀ 毅甫树塔

1838 年春。毅甫刚将房间整理完毕，提笔在新居门框两侧写下："重返桑梓育桃李，而立教风化春泥"。正寻思如何写个横批，管家报湖广行都司地方长官前来看望。

"先生舟车劳顿，有失远迎。今日春和景明，备下酒宴，为先生接风洗尘！"长官赫然一笑。

"恕难从命。我而立之年重回故乡，又非远客。接风洗尘这等俗礼，还是免了罢！"毅甫俯首一揖，言辞恳切。

"大清规矩岂能更改？置大人颜面于何地？"随行官员不悦。

"民心重于颜面！如今遭遇洪涝，百姓歉收。我承担教化育人之责，赴宴恐徒增百姓负担，引发奢靡之风。"毅甫语重心长。

"如此也罢，令尊去世未曾吊唁，这一百两白银还望笑纳！"长官望着门侧对联，拿过毛笔，写下"黄开好端"横批，转身而去。

毅甫正要拒绝，但见随从一脸愠怒。觉得再不收恐酿祸端。何况建塔正缺资金，忙起身送客。

毅甫浮想联翩。想当初，70 年前建立的东川书院，为瞿塘卫首所高等学府。如今他新官上任，如履薄冰。想自己幼年家境贫穷，在孙文治办的"鲤石草堂"当勤杂工。一日晨起自学，背诵《朝发白帝城》被孙文治发现，留毅甫在"草堂"就读。自此发奋苦读，考入县学，学业成绩优异。孙文治治学认真、方法得当，孙氏家族的子女及附近的亲友近邻的子女都送到这里来就读。孙氏家族出了孙文煦、孙文杰和孙珏三位举人，更是有黄钟音、段大章两位翰林。坊间留下"一门三举子，五里两翰林"的美誉。

"如今知遇之恩如何相报？"独立书院中庭，毅甫百感交集，凝眉深思。

远去磁器口15公里外罗汉寺，始于北宋，已有近八百年之久，因前殿坍圮，乾隆帝还拨出专款修缮，信徒云集。临近的宝善宫是个清代新建道观，坐落磁器口最大的四合院，是磁器口九宫十八庙之一。呈梯坎形的天井十分开阔，中间还有一个百来平方米的拜台，信男善女们就是在这里跪拜上香。门偏向东南，面向嘉陵江。众人说因道观多是木结构，木屋怕火，故用水来克之。如此风气，与教化育人格格不入。岂有此理。

本校一位教书先生的外甥，年过弱冠，偶感伤寒，本来用几副草药就能立竿见影，可是他的大姐竟然不去求医，上罗汉寺拜佛，跑宝善宫花钱上香祈愿。先生无论如何劝阻，大姐就是不听。结果，病情日益加重，不到半月呜呼哀哉。"愚昧！无知！"毅甫哀其不幸，无奈悲叹。

由此看来必须建一座大清崇尚学风的塔来传承教育之责，从此让官吏和百姓心中常铭，树起一道精神之碑。

地点就定川东都会梁山县。那里是明代易学大儒来知德故乡，百姓重教成风，想来会得到百姓支持，不会造成阻力。

决心已定，事不宜迟。毅甫三天三夜不眠，拿出修建文峰塔方案，又与同仁研讨，反复修改。半月后，他赴歌乐山拜见湖广行都司地方长官。

"皇上唯重道佛，我等岂敢造次？何况修塔之资不菲，万两白银，从何而来？"见毅甫出此难题，面有难色。

"除愚昧迷信乃教者之责。卑职之议也为大清江山长远大计。至于资费，前年梁山县乡绅和富商捐资修建供文人士子参加科考乡试考棚，剩下四千七百余银两。"毅甫抬高声音，"上次大人赠亡父白银百两，加上卑职俸禄节余近千两。号召学院上下募捐，东川父老乡亲相助，能工巧匠义工，应可建成。修建文峰塔，功在当今，利在千秋！请大人恩准！"

"如是，可拨付两千两，余资你自想门路。筹不足休再言建塔！"长官满茶送客。

返回家中，妻子苦口婆心对毅甫说，泱泱大清政府4亿人，你经过乡试、会试、殿试的层层选拔，一路拼杀，中秀才已是人中龙凤，百人中进士比登天都难。稳稳当当干好院长，何必自讨苦吃。担任编修将近五年，一千多个昼夜，从事诰敕起草、史书纂修、经筵侍讲辛苦得来的收入，自己不享受，反而倾囊捐出。

"夫人之见！树好教风乃百年大计，你休再劝！"

毅甫与师生一道分头募集建塔资费。因毅甫曾任监察御史掌管监察百官、巡视郡县、纠正刑狱、肃整朝仪等事务。许多官员或多或少前往捐助。历时三个月，又黑又瘦，终于凑足万两。

一年后，文峰塔建成。梁山县万人空巷，四面八方的百姓和学子潮水般涌来。

毅甫亲手在塔门两侧镌刻"灵秀""文明"草书大字，文化底蕴呼之欲出。复写上"科甲蝉联，文章报国，当必有理学名儒，继瞿唐先生而起，为梓里光者！"勉励后生。

爆竹声和欢呼声中，毅甫颔首微笑。在送来的建碑记中，用笔悄然抹去自己的名字。

（2024 年第 8 期《小说月刊》）

两平方米麦苗

◀ 月亮船

遥远的海边，有一座孤岛。岛上近百人，捕鱼为生。

渔民除了用鱼叉和张网捕鱼，也用船。船的形状千奇百怪。有长的扁的方的圆的，也有菱形椭圆形的。木的居占十之八九，有条件的也造铁船。靠天吃饭的船是家家户户的心尖宝贝，别说造船技术秘不外传，成船也是下雨的伞，概不外借。

他刚出生时没有名字，瘦瘦长长，白白光光，蜷缩一团，宛若初七八的月亮。父亲便喊他作月亮。刚过满月，父母出海捕鱼，船为飓风卷入海底，尸骨无存。自此，月亮吃百家饭，穿百家衣，成了孤儿。

月亮喜欢琢磨船。整日一门心思造船，自然是把好手。他径自离岸，目光在周围山上逡巡。寻一高大通直两臂合抱之木，从根部齐刷刷放倒，中间打锯一分为二开，放线找料，挖西瓜瓤似的去了虚心，留了一指厚的船帮。两头由厚到薄抛光对接粘牢，严丝合缝。挖出的树根锯成木板做了船底，树末梢则成了撑船的长篙，连锯粖儿也不浪费，与粘胶放在一起，遇船磕碰出漏了用来粘补。这样手工打造的船像月亮形，人们叫它月亮船。

月亮船结实轻盈。遇风可顺风而行，不旋不转，省心省力，遇大浪稳坐钓鱼台，耐用到从不见坏，在众多渔船中鹤立鸡群，独树一帜。与小船相比优势天壤之别，与那些笨重的大船相提并论也丝毫没有逊色。月亮造船无人能及，渐渐成了渔人心中公认的船王。

月亮每次出海打鱼都满载而归，吃不完的鱼虾蟹龟送了岛上老人，再剩下的一律放生。月亮不出海时，船便借给别人，每次借船者也盆满钵满，每当这时，月亮便眯起细密的月芽眼，微微一笑。月亮船小，不能出远海。尽管全岛仅此一艘，渔民们自给自足，生活安逸得如港湾静澜，散发着幸福时光。

船王月亮个子不大，性情倔如驴。县令带人求造一条船，好在夜深人静时分与同僚在船上把酒言欢，候了三天三夜，月亮愣是没开口。土匪头子背了半袋银锭来求月亮船，等了七天七夜，月亮坐如钟雕，面无颜色，也只好悻悻而返。

一次月亮出远海，遇见龙卷风，月亮船有惊无险。另一艘大铁船却四分五裂，月亮赶来相救，已然沉入茫茫人海大海。只有一块木板上襁褓里传出一声嘶哑的婴儿哭声，月亮急忙驶近，小心翼翼抱回了家。

月亮天天像捡了国宝熊猫的漏，自己熬得瘦巴黑的枯草，把婴儿照顾得白白胖胖。他唤婴儿叫月芽儿，望着乖巧讨喜的月芽儿，心里如嚼了甘蔗糖。

岛上并非永远是风平浪静。月芽儿渐渐长大，不满足于一日三餐的紧巴日子。聚了三个胡吃海塞的酒肉朋友，上了月亮船出海远行。回来时不知从哪弄来奇装异服，还有贝司，长号，啤酒和女人。子夜，热舞派对鬼哭狼嚎划破海岛的夜空。儿大不由爹，月亮心中一阵揪肠刮肚的紧疼，被子蒙头捂着耳朵瞪大眼到天明。

次日，月亮拽住高过自己半头又要出行的月芽儿，拉他坐下，给他讲月盈则亏。月芽儿死活不听，与一帮狐朋狗友上了月亮船，扬长而去。留下咽不下饭的月亮连连顿足，长吁短叹。

月芽儿上抗官府，下抢百姓，成了方圆百里的混世魔王，渔民们天天心惊胆战，苦不堪言。见了月亮船绕着走，躲闪不及的便遭了殃，财物洗劫一空，船毁人亡。月芽儿一夜暴富，月亮船变成了人人心中暗恨诅咒的海盗船。月亮常常望着起伏的海浪发呆。

月亮看中一树两人合抱的野生柏木，用半年时间造了一个标准版的月亮船。船体是原来的两倍，看起来比自己那条更高大上。在月芽儿生日那天送给了儿子，月芽儿如获至宝，与手下喽啰一夜狂欢。

月芽儿打了一个富翁的劫，全是奇珍异宝。在返回途中撞上一个伏牛状的暗礁，船沉人没，杳无踪迹。

官府派员打捞，只捡回那条船。船身坚固完好，船底到处是针鼻儿大大小小的锯末孔，往里渗细密的小水泡儿。肉眼难辨。

月亮最后一次独自驾驶月亮船出门，不知所终，月亮船自此绝迹。

后来海水渐少，孤岛成了陆地，仅存的月亮用过的船，开发景区时被移入博物馆。

船身已看不清颜色，船锚锈迹斑斑，微微张着口，像在无声向人们证明一个关于月亮的传说。

据说，被劫的富翁一日清早出门，发现门口右墙根放着一个大麻袋。颤手打开，那是月芽儿最后一劫的珠宝。

完璧归赵，毫厘不爽。

（2021 年第 9 期《小小说月刊》，2022 年 4 月 29 日《文摘周刊》，2021 年《中国微型小说精选》）

第五辑

市井百态

◀ 盐 菜

那是一个夏天，我去值班南侧不到一百米的平安矿串门。见过一个煤窑工兄弟，二三十岁样子。

那一刻，白花花的阳光当顶。他刚从井筒升井，眉角挂着黑煤屑，一张寡白的娃娃脸。

抓安全的副矿长介绍我说，他叫富民，来自豫东禹州县。改为禹州市是后来的事。

富民冲我不好意思地笑笑，没说话，算是认识了。

富民弓腰烧一锅开水，下一把挂面，盛在硕大海碗。没有一星油，也没有一叶菜。只有用黢黑筷头，蘸了白罐头瓶里的盐。他没有皱眉，咧嘴用力拌了拌，喉结咕噜出响声，狼吞虎咽。三分钟不到，下肚整整一斤挂面。

我和富民仅挂过一次面。次日，带了一瓶自己熬制的辣椒油，从药库东边自己种的菜地里，薅了一把嫩嫩绿绿的菠菜，三朵裹了红皮的大蒜。富民脸上划过一丝惊讶，双手颤抖接过。一脸虔诚和害羞。目光含着丝惊喜，分明像我小时候眼巴巴盼望过年。

半月后，富民点了一捆啤酒，到夹在药库和平安矿中间的小卖铺请我吃饭，那个小店偶尔也批发卤肉卖凉菜。

整了一盘凉拌卤肉，一碟油花生米。我们俩就开始喝。他尽管不说，我也知道他朋友不多，一定是想表示对我的那点大蒜和辣椒油的感谢。

酒意朦胧，打开话匣子。富民不似我想象中的内向，居然滔滔不绝。他从小夫妇双亡，靠哥哥拉扯大。不承想，人有旦夕之祸。在十七岁那年，他得了重病。哥哥为治病也为了省钱，跑到后山挖草药，意外跌下悬崖身亡。撇下刚结婚半年的妻子和尚未出生的孩子。这些年，富民挣的工资除了留下生活费，全部邮寄给了嫂子侄子。

富民的话越来越稠。他说小时候尽管上学不多，小学没毕业就辍学在家割草喂牛。可他很喜欢写作，作文常被语文老师做范文来读呢。

说着，他从口袋里拿出一张皱巴巴的书纸，歪歪扭扭的字划拉在上面。他读他写的诗歌《坑》："没捡到天上馅饼，却掉入地下陷阱，还有谁，能比我承受更多人间苦与痛。"

想不到民间出高人，也出诗人。富民的诗歌声情并茂，在山谷里随风荡漾。我打小偏科，语文成绩名列前茅，尤其是作文常常满分。对富民的诗歌感同身受。

想不到在小山沟里能遇到知音。我一高兴，也拿出自己还没来得及起题目的新作，"太阳是时针，月亮是分针，我们每个人的脚步多像秒针。不舍昼夜，走向生命的终点。"

彼此酩酊大醉，依稀记得最后富民又叫了一瓶二锅头酒，倒在大碗里和我碰杯。他说豫东人喝酒都这么猛，见面先干掉三大碗。

月光下，趁着富民跑厕所撒尿。我偷偷结了账。

也是机缘，后来，我通过自学，考到当地市日报社，做了一名副刊编辑。换了笔名柔刚，业余组织了诗社。我告诉了富民，富民开心得像个孩子。开始接到过富民的投稿，我总是第一时间阅读。能上就上，实在不能上，为了照顾他，有时候直接上手修改再发。有时候一个月上两首，弄得报社其他编辑和地方作者有意见了。

渐渐地，富民好像意识到了什么。一次专门跑到乡上打电话，说诗歌自己只是业余爱好。兄弟感情归感情，报社又不是你家的。你这不是拿工作当儿戏，要犯错吗。这个情他不领。

我怀疑自己真的做错了，富民虽然出苦力，但写诗歌证明他是敏感的，怕人家看不起。反而是我帮了倒忙，激起他更加自卑。最后他不但不投稿，连稿费也拒收。

听说，富民为了怕我继续联系他，不久辞了职，扛过地板砖，卖过五金电料，居无定所。这可真是弄巧成拙，本来我还设想以后互相激励，在文学上共同进步呢。再后来，彼此为生计奔波。我是一个农家出身的孩子，在城市里立足，买房、结婚生子，压力山大。我和富民彻底失去联系了。

也有一次，差点儿见到富民。那年冬天，临县发生大雪灾，好多百姓家牛羊都冻死了。听记者同事说，你认识的那个叫富民的，捐了价值两万元的两吨棉花。我们俩跑去找他，约好的地方，却临时被富民放了鸽子。

我看着眼前富民捐赠的"棉花山"，想起富民最后给我投的一首诗歌，"棉被，是阻隔灾难的一件好东西，它能抵挡你的寒冷，模糊你的仇恨，缓解你的不安，掩盖你的哀伤。"

那夜，我一个人喝醉。我为没有能力帮助富民不再出苦力，走向文学路而内疚。

三十年过去，我在北方凛冽寒冬，享受暖气的暖。还记得那个叫富民的煤窑工，只有盐拌挂面的寡淡午餐。俯身伸手摸摸暖气管。里面，似乎还有他淌过的汗。或是，汗里的盐。

◀ 画　王

　　老家村里建新校，家族群里通知周末返乡迁祖坟。我驱车回村，从老屋出来往东，一排瓦上苔藓横生的老宅，还有邻村堂屋正中都有一张相似的关公像。星眸长须，瘦高大脚。好像随时能走出来似的。好几家无一例外。

　　我心生好奇，奔走在寻找被村民称为"画王"的路上。

　　祠堂里，一幅"全村富"画片里，大娘、三伯、春升二爷、秋初大爷……全村大多人的老像都是他画的，几乎和真人一个模子。

　　年近八旬的三伯，老家人称他为"故事篓"，据说身上有七天七夜讲不完的故事。望着我打破砂锅问到底求证画王的眼睛，说，我知道的画王故事可全是真的。

　　1945 年春，全村处于周围日军的恐怖气息中。一股驻地日军战力彪悍，给八路军造成伤亡极大，不得不分成小股隐蔽作战。"三光"政策所至，寸草不生，百姓日子苦如黄连，艰难熬煎。

　　画王那时刚过而立之年，本来在省城一所学校教授美术，听说老家有难，辞职返乡。起初为父老乡亲画像，也不讲价钱，任求像者自己随便给，仨核桃俩枣的收入勉强维持生计。

一个黄昏，日军驻军司令官宫本求画王画像。画王画了西施、貂蝉、王昭君和杨贵妃四大美女两眼放光，犹不尽兴。宫本非要腆着脸皮让画王依照春夏秋冬轮序，另外再画四大美女。画王欲拒绝，但见宫本手下拔刀相向，凶巴巴的目光挑衅，分明是威胁。人在屋檐得低头，他蹙眉片刻，分别画下春花、夏婷、秋月和冬梅。个个妩媚多姿，艳若天仙。宫本大喜，赏了十块大洋。画王犹豫下，揣入口袋返回。

他用大洋全买了一大沓画纸，关上门，昼夜不停地画关公像和岳飞像。红脸怒目，栩栩如生，家家上门赠送，分文不取。剩下的细心打了包，托村里交通站的同志送往抗日根据地。战士们怀里有了二位英雄像，士气高昂，杀了不少小鬼子呢。

话说宫本拿到画，当下通知下级军官一块欣赏画王"艳画"。晚上灭了灯，用手电照，集体观赏。众目盯着美女良久，眼珠暴突，一动不动。

次日，一个个精神恍惚，走路像醉酒般松松垮垮。酗酒闹事，擦枪走火的事接二连三。连白天也睡眼惺忪，正打枪的还会拿错子弹，甚至通知开战，还有倒头大睡入梦的。

宫本思谋良久，感觉好像上了当，再次派人把画王请来。让画王按自己要求重画一幅，算是将功补过。如有差迟，格杀勿论。

宫本指指点点，翻译官对画王传话。画王在宫本面前，略加思索。蘸墨抖笔开画：眨眨眼工夫，只见一队皇军骑着高头大马腰挎战刀，气势汹汹，面向东方，一轮太阳高挂。还题上：东方"日不落"帝国。

"吆西，这个大大的好！"宫本竖起大拇指，开心地大笑。

待画王渐渐走远，宫本携部下撑灯细瞅，发生了神奇一幕：那队耀武扬威的皇军化身一个个怒目搭弓的后羿，红日化为一枚残阳，居然变成膏药旗，中数箭摇摇西坠，像一块肮脏的破抹布。

尤为惊异的是，不知何时，画中竟然藏了一首诗：

"日落西山红云飞，画完人面画兽心。云长武穆齐上阵，必是倭寇败了北。"

字迹瘦金体，一笔一划，锋芒赛似刀，若隐若现。

宫本气急败坏，拔刀欲刺画，手抖难出手。一口气憋着出不来，活活气死了。

次日，群龙无首的日军被八路军和百姓组成的游击队杀的杀，降的降，溃败如山倒。咱村提前解放了。

有人说后来人们捡到那幅吓破宫本胆的画，虽破损严重，仍神似后羿射日，争相传阅，不知所终。

据说村里解放当初，县上开了照相馆，但老人们还是想找画王画像。"照出来的只是皮，画下来的却是骨啊。"皮又有什么用呢？和一副没用的臭皮囊相比，老人们更愿意留下自己的骨。

至于后来画王去了哪里，无人知晓。反正从此，他彻底失踪了。有人说被宫本暗算了，有人说他投笔从军了，打仗还挺勇敢。也有人说，画王本来就是部队文化教员。至今是个谜呢。

两平方米麦亩

村史馆义务讲解员李爷说，画王不一定姓王，具体姓名不详。戴个眼镜，长得文绉绉的，一表人才。可惜他为别人画了一辈子像，自己没有留下一幅像。

　　临别，我望着村口牌楼两侧新塑的关公和岳飞像，郑重地三鞠躬。

◀ 局长送烟

局长跟县长出国考察回来，在办公室给常武送了一条烟。

"我在外这半月单位的事你辛苦了，弄条外烟你尝尝吧！"

常武下班回到家心里忐忑不安。仿佛真应了朋友说的"不跑不送，原地不动"那句半真半假的谶语。他在常务副局长位上干了十年，熬走了四任局长，愣是像根戳进地上的电线杆一样纹丝不动。

局长眼见快到站了，自己从未给他送过东西。常武反过来收了局长的烟，有点受宠若惊。他转念一想，感觉有点反常。

纪委查前阵子查单位办公室超面积办公问题，局长与自己合一个办公室。局长不抽烟，也讨厌别人抽。常武是个大烟鬼，常常忍不住偷着抽，局长可多次劝过他戒烟。这回太阳咋从西边出来了？

组织部马上下来考核，常武工作能力强，可以独当一面，历任局长工作上几乎全是甩手掌柜，大家有目共睹。可是局长这次能不能推荐自己，心里可没谱。以前两任都是由于自己不卑不亢，吃了从不送礼的亏。眼巴巴看着比自己资历浅能力弱的一个个提拔扶正或换个单位当了一把手。如今这个节骨眼儿上送烟，难不成是暗示自己给他送礼？

妻子说，这年头，光埋头苦干不中，还得抬头看路。这回机会可得抓住。你可都45岁了，过了这村可就没这个店了。

可是送多少呢？一条烟十盒，一盒代表一百送一千太少，难道一盒一千？可是听一位乡下的亲戚说他弄个副科都向他伸了三个指头。可是要是十万可太狠了，自己私房钱动用也不够呢。

这条烟用半透明的纸包装得很严实，猜不到价格。不像别的烟在淘宝海外链接上一扫码即可一目了然，这让他很纠结。他心想这老外也真能，啥时候也用上这招了。这条烟像一个烫手的山芋，他在手里摸索半天，终究没敢拆开抽，最后把烟锁进了墙上的保险箱里。

常武决定先探探路子。周一下午下班，他与妻子上附近一家名烟名酒店搬了件茅台，又在其中一瓶里塞进去两千元购物卡。等到天黑时去局长家。不巧，局长不在家，打电话说当晚不回家。他灵机一动，准备把酒放到门口保安处，再给局长打电话。谁知，保安铁青着脸不让放。说纪委给保安公司立规，不准擅自替业主存放名贵烟酒。他与妻只好悻悻而归。

"管他成不成，总不能欠人情"，他硬着头皮决定走第二步棋。常武思忖。在周五下午快下班时，就约局长周末两家一块吃饭，没想到局长居然答应了。常武的心里又燃起一丝光亮。

周六晚，两人各自携妻子去了一家新开的咖啡馆。叫了酱香秘制牛排，又上了浓酽的咖啡，边吃边聊，气氛相当愉快，共同享用了一顿美妙的晚餐。常武感觉这事终于可以往前推进一步。

可是等他送走局长，去前台结账时，服务员却告诉他局长说和他 AA 制，已结了一半二百元。常武的心一下子凉了半截。这家伙真深沉，葫芦里究竟卖的什么药？

送礼不要？吃请 AA ？局长还真的是不食人间烟火了。他不信这个邪，最后决定豁出去了。

"人家都说，送礼别小气，收礼别客气！干脆送钱吧！"妻子望着他开导，两人不谋而合。

"那送五千？够不上立案标准？还安全！"他自鸣得意地笑。

"亏你当了十年常务，思想都僵化了。那是十年前的法律规定好不？现在提高到三万了！"妻子嘲笑他的迂。

第二天，常武利用主管单位财务的便利，让财务科长拿过工资帐本，顺手记下了局长的卡号。中午下班到银卡转了三万，差一块。

谁知，晚上快下班时手机银行发来短信提醒，卡里的钱又原封不动回来了。"都老革命了，还犯这么幼稚的错误？非让咱俩都折腾进去吗？"手机短信接着闪了过来。

这么大动静也不动心？这胃口也太大了吧。常武百思不得其解，有点郁闷。他一夜辗转反侧，估计这回提拔彻底没戏了。

半月后，局长退休。组织部门宣布常武为局长，他非常意外。

"当初怎么想起送我条烟？"常武去局长家看望，临走时疑惑地笑问。

"嘿，我那小舅子平时没个正形，他们烟草公司单位发的内部招待烟，忽悠我说是外国烟，让我招待客人。我不吸烟，客人去了也不吸，怕我讨厌。我怕放家时间长保质过期了，寻思你喜欢抽烟，送给你尝尝鲜！"

常武回到家，打开保险箱，一把撕开烟，狠狠地抽起来。由于太猛，眼泪差点流出来。

（2018 年第 5 期《精短小说》）

◀ 帮　忙
·······················

中午下班回家吃饭，餐桌上放着几张扎眼的百元红钞。

"大姐来过了，撇了五百块钱，让你请帮咱张村危房改造帮忙人的客！"妻子望着我疑惑的眼神说。

我一下子有点懵。危房改造这事我知道，岳父四个女儿，妻姐是招婿上门的，与岳父同住在张村镇杜家村西一个小自然村。住的窑洞条件简陋，西侧石头砌的房子早成危房，我和妻子是工薪阶层，又在县城刚买了新房还有贷款，也帮不上忙。岳父本计划把正下牛犊的耕牛卖了自己盖，一个月前乡里让村里通知扒了重盖，可以补贴一半建房资金，最终建成了漂亮红砖水泥顶房，还专设一间装太阳能的卫生间，一家人终于可以洗热水澡了。由于补贴一半，保住了家宝老牛，一家人都很开心。上周周末我还去帮过忙，连工带料大概花了一万五，没想到改造补贴这么快就下来了。

当时妻子的二姐也去了，她说这事必须得找"关系"。2013年秋，她家的危房改造就吃了没找人的亏，结果从村里报到乡里，最后一关，被县里审核时"卡"掉了。但究竟啥原因始终也没人给解释，说完一脸悔不当初的样子。

妻姐昨天拿到县里补贴打到存折上的七千五，今天就专程过来让我还"人情"。可我一下子真不记得找过谁帮忙。

"瞧你那点记性？关于咱家这事，你忘了上个月你酒后，给你几个同学打过电话？！"

我猛然记起还真有这回事。可是我好像打过三个同学，究竟是谁帮的忙？

"老同学真帮忙，晚上有空没？一起去中州国际撮一顿？！"镇政府是头道关，我第一电话打给镇政府的张副乡长。记得他当时说要给村干部交代下的。

"你搞错了吧？抱歉，我这段去深圳招商引资了才回来，还真忘了你老岳家危房改造这茬了！"张副乡长直言不讳，好像很不好意思似的。

"关键时还是老同学帮忙，今晚一块吃顿饭吧？记得喜欢吃火锅？"我这回觉得危房改造应当是民政上的事，肯定是跑不了老同学办公室王主任。

"无功不受碌。对不起呀老同学，我上次听你喝酒多了，以为你说着玩呢，而且这事不该民政局管呀？"听筒那边王主任一声呵呵，我愕然了。

"老同学，老岳家的忙你也帮完了，昨天危房改造补偿款也到账了。今晚你带规划股伙计们一块聚聚吧？想吃啥你定吧？"我脑子一激灵：李大强！肯定是他！这回百分之百错不了！危房改造城建上负责验收，他具体负责规划股工作，帮了顺水推舟的忙，即便按排除法也非他莫属了。

"你开什么玩笑？我这段到南村黄河边的青山当驻村第一书记，专职搞扶贫，与单位的事脱离了。正为偏远小自然村群众吃不上水跑得焦头烂额的，仨月都没回家沾你嫂子身子了，你交代的事我没顾上问呀！"李股长满是歉意地插科打诨，接着又郑重其事地说："更何况现在开后门、托关系、打招呼那套根本不顶用了。今年咱县农村危房改造专项资金充裕，专款专用，审查可严，还得让村里公开栏公布，邻居证明。但你放心吧，只要符合条件，应批尽批，谁也挡不住呀！"

周末，我和妻子回洪阳探望岳父母，顺便又把五百元退给了妻姐，岳父一家人咋解释都没人信。岳父还半信半疑地说"是你自己掏钱请过了吧？"

我是个好奇心特强的人，遇事爱较真，非打破砂锅问到底不可。这不，这回到省文化和旅游厅出公差，顺道去找号称"包打听"的老同学，日报社农村版摄影部的赵记者。

"嘿，你问我算是问对了！上回我受报社委派，到你们张村杜家村拍摄美丽乡村，看到附近有一户农家的窑洞很特别，就随手拍拍发稿了。还是你们县委杨书记眼尖，他读报时看见窑洞左侧歪倒的石头墙快倒了，今年雨水多，担心连雨砸伤人，放心不下，立即打电话让乡村两级干部落实是不是危房！"

赵记者接着风趣地说，"真是无巧不成书。也是我采访时间紧，没来及告诉你，阴差阳错，也不知道咋拍到你泰山家了！你真要谢就谢杨书记吧！哈哈！不过，他为咱百姓办实事那么忙，连双休日也不过；既然是我揭了你谜底有功，你得先请我客。这样吧，今天你是客人，你请客我买单，就喝你带的仰韶彩陶坊，来个一醉方休！"

（2019 年 8 月 27 日《检察日报》，2019 年第 15 期《湘乡文学》）

◀ 子夜电话

"本通告自发布之日起，三个月内，有重大经济犯罪行为到当地监委投案自首的，视其情节减轻或免于刑事处罚……"电视机里传出播音员严厉的嗓音。

他知道今天是通告发布的最后一天，但还是忍不住去翻日历。半年前，他为外甥介绍的外商项目拿地收钱那罪恶的黑色一幕，不时在脑海里浮现，通告声一直使他寝食不安。温柔的新婚妻劝他投案自首，但他拒绝了。尽管自己一直处于矛盾和痛苦之中。

"叮铃铃……"午夜，急促的电话铃响起来，他惴惴地抓起话筒，一种不祥的预感向他袭来。

"喂，是某先生吗？半年前的那个夜晚你做的一切，我都看得清清楚楚，如果你还不明智的话……"一个 阴险的恐吓声音，他吓得不敢再听下去。

"完了……"他瘫倒在沙发上的一刹那，狠狠地咒那个不知名的坏人。

没辙了，只好下午去投案，他突然在深思许久之后站起身将"31日"那一页日历发狠地撕去，这时妻回来了。

"没办法，有人知道了那件事，我们今天中午只能吃最后一顿团圆饭了……"他滴血的声音向妻诉说。妻在一家电影制片厂工作。

妻听了出奇的平静，沉默着到厨房做饭。

在妻温情脉脉的鼓励下，他与妻吃了一次结婚以来颇丰盛的饭菜，然后妻把收来的赃款用袋子包好，一声不吭地交给了他。

"妻真好，我真愧，但不知以后……"去监委自首的路上，他暗忖。

在三天忐忑不安地等待之后，他被押上了警车。上车前妻突然泣不成声地说："那个电话是，我……"

"啪"一记响亮的耳光打在妻的脸上，另一记打在自己的脸上。"你好狠，我说呢？怎么那么巧，声音有点不对劲？"

"你放心吧，二老交给我了，我等你回。"车下回荡着妻抽泣的嗓音。此时他对妻又是爱又是恨。"五年，你等得了吗？"

第二年，妻抱着儿子到监狱探望他，告诉他家里安顿得很好，双亲身体也很好之类的话，他听着心如刀绞。真难为妻了，他把妻揽在怀里，久久地注视着。

妻又说，他的"团窝案"那帮"铁哥们"四个都被抓获，由于他们没有投案，且都是多次收受贿赂惯犯和累犯，两个刑期十年，一个十五年，一个死缓。

"如果当初……"他忽然感到妻是那么地挚爱他，他理解了妻这个温柔善良的人。

"下辈子，我还娶你，好好待你……"

（1998年6月11日《中国纪检监察报》）

◆ 寻找罗威纳

　　李剑鹰隼一般的目光直直盯住对面戴铐谭书记足足五分钟，谭书记嘴角叼着烟，依然一副似笑非笑满不在乎的样子。作为专案组组长，他知道这回棋逢对手，遇上了一根硬啃的骨头。

　　李剑当兵时侦查员出身，转业到地方后干了十年刑警，由于屡破大要案被调入检察院从事反贪工作，最后服从调动到了新成立的监委。他在上案前认真研究过谭书记的履历：从部队上一名驯犬员一直干到团长，转业后干过十年武装部政委，再到县长、书记。

　　根据举报，经过外围调查，专案组只找到一些数额极小的钱物和购物卡往来，其他的谭书记闭口不谈。没有物证形成的证据链，"零口供"拿下对方几无可能。案件陷入了僵局，骑虎难下。

　　那天上谭书记家带他走时，一只硕大威猛的猎犬扑过来，一口咬住刚给谭书记戴好手铐的李剑的裤脚，谭书记用戴着的手铐猛力砸向犬头，把猎犬左耳砸了一道血口子，等到他再次举铐欲砸时被李剑挡住，猎犬不解地望了主人一眼呜咽着逃开了。

　　从谭书记的办公电话、手机短信和银行流水查看，一点线索也没有。办公室和家的搜查也一无所获。他个人交往也不复杂，与其他手握重权的同级官员相比甚至是简单，只有与他要好的政商关系，也仅是互相吃顿便饭喝个小茶之类。

调取离谭书记家最近的出入口监控，李剑发现有多个黄昏和周末

开车载着猎犬出去，但回来时车上不见了猎犬的影子。有好多次是猎犬自己单独跑回家的。

李剑也喜欢养犬，他了解这种猎犬叫罗威纳，身体强壮，动作迅猛，气势强悍，是世界上最具有勇气和力量的犬种之一，是聪明强壮极易亲近的犬种，也是杰出的警犬，能攻击侵入者。谭书记业余时间去了哪里？他那么钟爱自己的猎犬，为何不与他一同回家？难道仅仅是锻炼犬的识别能力吗？而且，最后带走谭书记那天，他只需用自己训练的口令让罗威纳松口走开，何至于欲置犬于死地猛命一击吗？

李剑和助手开始寻找走失的罗威纳。他判断如此聪明的犬应当不会走远，黄昏时分果然在五百米外巷子的一个垃圾中转站附近，找到了脏兮兮的罗威纳。它还不失威风地等另外几只流浪狗为他送上不知从哪儿衔过来的食物。它警觉地望了李剑几分钟，确认他没有敌意，才跟上他走。

在为罗威纳洗澡时，李剑意外发现它肚子下边有一个与它毛色一样的黄肚兜，紧紧贴在它肚子上，一般人往下看根本看不出来。罗威纳肚子很干净，肚兜里面却很脏。在与罗威纳用心交往的几天，成为它临时的新主人期间，李剑专门去找了一位警犬专

家。他听专家说起罗威纳在中世纪时，有钱的商人们为了避免钱财被盗，便把钱袋挂在罗威纳犬颈部上，心里一下豁然开朗。

重新带罗威纳回到谭书记家，李剑端坐在以前谭书记的书桌上，将一沓人民币扔往地上。罗威纳看着钱用嘴叼起来，又望望李剑。在房间里跑动两圈后，它突然在一幅巨幅雄鹰画下停下来。李剑慢慢将画往上卷起，罗威纳抬起右爪按动一个与墙色一致的按纽，只见有足有两米见方的储物柜里满满当当的钞票。

拍照后搬至客厅，罗威纳叼起一捆十万元的人民币往外走去。李剑和助手立即跟随过去，找到了谭书记的一个房产商家。那个房产商打开门，瞠目结舌。两天后，所有的钞票都找到了原主。

审讯室里，谭书记垂头丧气地望着李剑："我交底！"

（2022年第17期《小小说选刊》）

两平方米麦亩

142

◀ 那双眼睛

　　吴君最近有一大嗜好，就是一有空就上"鸟市"，这可是破天荒了。而立之年仍孑然一身的他，虽有一笔不小的积蓄，却从不吸烟喝酒打牌跳舞，下班之余，除偶尔散散步再舞弄几下花拳之外，几乎谈不上有什么变化。

　　日子不紧不慢地走着，周围的人似乎都很忙碌，对他这种生活轨迹的微妙变化懒得知晓。所谓"鸟市"，其实不过是"鸟迷"们聚集的地方。除了叽叽喳喳的鸟类外，多是退休闲居在家的老头们在这儿逛逛悠悠，评鸟论鸟。吴君不常来，当算稀客。这些日子，一连几天他都在那里优哉游哉。

　　但今天的气氛似乎与往日有些不同。吴君感觉背后有双眼睛，老是不可捉摸地追着他，而且如影随形寸步不离。可等吴君回头望去，那双眼睛似乎又不见了，吴君悻悻然又觉得愤不可言。

　　第二天，吴君又来，那双眼睛却又在早早恭候他了。依然深邃、神秘而不可测，仿佛一下子透到他心里去。他猛然感到那双眼睛很熟悉，像是一双……可仔细想想又想不出什么。连日来，吴君被盯得极不自然，额头汗涔涔的。末了，他鬼使神差地买了只画眉匆匆回家，自己也说不清为什么买这种讨厌的鸟儿。

第三天，吴君足足鼓了一夜的勇气，决定对那个跟踪者反侦察一番。遂特地换了一身服饰，在鸟市装作买鸟，一面与鸟贩子讨价还价，一面远远斜着眼打量跟踪着：二十来岁的藏青色衬衣，蓝裤子，正在看书的模样，吴君顿时释然。但末了大还不放心，又更加细致地审视一番。恰在这时，青年合上书，大隐约看到封面上似乎像是"公安月刊"，心骤然下沉。

接下来两天，他依然惴惴的上"鸟市"，因为他觉得这种新习惯突然中断反令人生疑。初不见眼睛心里坦然，却又疑窦丛生：何许人也？回家途中那双眼睛又闪将出来。一次在马路，一次在巷子里，最后竟出现在离家数米的电线杆旁，"妈的，活见鬼了！"他心中暗骂。

第七天，他不再出门。而且居然抽起烟来，很凶很猛，眼泪都要抽出来了。云雾缭绕中那双眼睛依然深邃，瞪得他心中发悸，而且似乎又传来了脚步声。一种不祥之感传遍全身。

"笃笃……"初不真切，最后他还是听清了敲门声。他慌忙去抓假发套子。可来不及了。门突然开了，是他！一身警服，微笑着。

"千万别抓我啊，我是好人，一时糊涂偷了块表都还了人家，请给我宽大啊……"吴君惊慌失措几乎在哭叫。

那青年看到他的秃头，被这一喊弄得一愣，他忽然明白了什么，快步向他走去。

"您别误会，是这样，我是市公安局宣传科的。偶尔也写小说，现在正写一部反映公安题材的小说。您跟小说里的一个主要人物形象简直一模一样，所以就跟踪而至。如今大功告成，特向您致谢，真没想到会干扰您平静的生活……"说毕，恭敬地递上工作证。

　　吴君惊异地注视他的眼睛，却发现一点都不可怕，而且透着真诚。

　　（1998 年 8 月 28 日《中国建材报》，2021 年 第 10 期《微型小说月报》）

◀ 窥 探

甲一觊觎这辆车许久了。

那是一辆停放在楼下一座深宅大院的德国奔驰轿车。半年多了，才见开着好几个金矿的主人带着情人、小蜜及一帮狐朋狗友耀武扬威地兜过两次风。车身呈黑亮泽，散发出一种美丽的诱惑。

乙二始终在观望着甲一，自从那个夜半狼犬的狂吠把他从睡梦中惊醒。乙二在一家大厂里拿年薪五万的技工。因家在外地，经富有的亲戚介绍租住了这座深宅的二楼。一楼主人的情妇终于耐不住寂寞，也不知上哪儿鬼混去了，偌大一座豪宅就只留下孤独的乙。

甲一第一次只是试探性地往院内投掷石块，隔了两天见无一丝风吹草动，便假装醉酒把酒瓶子往里撂，换来的仍是狗的叫嚣，便偷偷地乐，似乎这车有一半属于他了。

乙二只是作壁上观。从他住进来，一直看不透房主已有多少钱，花天酒地的不说，住了一年了，房东连房租的事也不提。也许人家只当自己是个免费看家护院的。现今这社会事不关己，高高挂起。别人丢东西，只要自己没干，管那么多干啥？何况撇开自己膀大腰圆的块头不讲，不是还有虎视眈眈的大狼犬和隔壁的"义务保镖"吗？谁爱管谁管，咱只管往后看好"戏"了。

丙三一直都在关注着东边豪宅里发生的一切。他警察学校毕业分到刑警队五年了，也没轮上局里分的房子，只好租住在豪宅的西邻的农家二楼。那次子夜狗叫，他刚要躺下，职业的敏感使他迅速拉灭灯，轻声出门贴东邻墙壁细察。他瞄了半天后大胆质疑，判断甲一投石问路的举动意在瞅机会窃走这辆车。他之所以没有打草惊蛇，不仅仅是甲一没有形成偷盗事实，还在于他没弄清隔壁起来观望的乙二是否与甲一有必然联系。他不知道自己已被乙二称为"义务保镖"。

甲一在昨日第三次投掷蘸了麻醉酒的鸡骨后，听到了他所期望的狗的啮咬声后欣喜若狂。遂果断地选定于次日与同伙作案。因为天气预报里的次日有寒流，他料定如无意外，这辆心仪已久的奔驰车将易主己手。

听了饿犬啃食后"咚"的倒地声，甲一抑制住狂跳的心，终于伸出了罪恶的手。他用万能钥匙熟练地打开了如铜墙般厚重的大铁门。稍后，他便蜷缩在车旁偷偷张望。门外有同伙望风，自己腰里揣着三棱刮刀，他要做到万无一失。

乙二踩在加高的桌子上，隔着窗帘上方的缝隙往外打量。他从这里不但能看到甲一，还能居高临下看到隔壁守候的丙三。螳螂捕蝉，黄雀在后。他很庆幸自己能一饱一场比电影更精彩更真实的眼福。

"嚓"。就在甲一打开车门美滋滋地准备启动引擎时，丙三像一只矫健黑鹰越过了两米多高的屏障。三棱刮刀被打落，利索的擒拿制服只发生在一瞬间，丙拉过垂头丧气的甲一，正要上铐。

突然，乙二发现甲门外的黑影丁四，不知何时已进入院内的二楼拐角，丁四发现变故后，正折回头摸索地上的砖块。乙二蓦然一惊，真是防不胜防啊！如果甲一与同伙丁四内外合击丙得逞，下一步打算往家寄的三万元现金便在劫难逃。他为自己刚才的猥琐而羞赧。

只见乙二大喝一声打开门跳下一楼，正要用砖块击丙三的甲一被突如其来的断喝吓倒在地。很快两名歹徒被铐在一起。在丙三打开的电警棒明亮的光束中，乙二望着丙三充满真诚谢意年轻稚气的脸有些儿窘。

就在二人押着歹徒往出走的时候，醉醺醺的车主戊五，在一位妖冶的女人搀扶下回来了。

"嘿，不就是辆车嘛！走，我请二位喝酒……泡妞！"

在似乎弄明白之后，车主戊五呓语般地说，边说边上前抓住二人的胳膊。满口含混不清。

"住手！我是警察！别妨碍我执行公务！"丙三的脸被暴起

的青筋憋得通红，"等他酒醒，让他到刑警大队报案！"

随即他对那位妖冶的女人命令道。然后，押着战利品迎着凛冽的寒风走去。

（2019 年第 1 期《湘乡文学》）

第五辑　市井百态

◀ 目标"光头疤"

那时候，他失意失败。如花似玉的妻抛下才两岁的女儿离家出走。他的心城黑云欲催，天天胡子拉碴。

雨后初晴。那天擦黑，他借邻居的摩托车从乡下接女儿回县城。行至城乡结合部，那段凹凸不平的路中间有个泥水坑，他蜗牛般骑行。

"妈的，乡吧佬，快闪开！"一辆黑色的桑塔纳迎面疾驰，开车的光头司机从打开的车窗里粗着亮嗓。前轮飞溅起的污雨积水像一道黑浪在眼前飞过，摩托车迎声而倒。裹着厚棉袄的女儿从他双腿间掉下来，哇哇大哭。

女儿是他唯一的命根子。为受屈的女儿报仇成为他的计划。锁定目标：光头疤。他仔细忆起那家伙左眉骨上月芽形的疤痕异常醒目。那晚，他甚至把家里从前的切瓜刀磨得锃亮。

多少次梦里。他开着一辆瓦亮的宝马，把光头疤的桑塔纳逼停到路壕中，用刀把那家伙砍成案头上的五花肉。完了，再用一大碗污水浇尸。

为了让这个梦变成现实，他一边重整旗鼓重返生意场，由于目标鲜明，异常吃苦与执着，终于又开始风生云起；另一边，他时时处处留意那个目中无人的狂人光头疤，不放过任何蛛丝马迹。

他买了辆奥迪，那天夜里与兄弟们飚酒庆祝。邻桌的一个光头强像极了那个家伙，可是他遗憾当晚忘了带刀。酒局结束，他偷偷循线追踪，得知了对方住址。

半夜，他磨刀霍霍。五岁的女儿惊醒了，"爸爸，农夫该不该救蛇？"

"愚蠢的傻瓜！"他冷笑。

"不对，农夫是善良的，他懂得善待小动物。你教我做一个善良的人！"女儿较真地眨巴童真无邪的大眼睛。他愣了愣，停止了磨刀。

第二天，他与光头强街头不期而遇，心中暗惊。庆幸感谢女儿的质问，差点冤杀了人，光头强的疤是条直线。

八年后，他换上了心仪的宝马越野。那天黄昏，他载女儿从乡下看爹娘回城。他巴望已久的时刻终于到了。那个目标居然在对面出现了，他毫不犹豫往左猛打方向盘，仍然开着旧普桑的光头疤猝不及防，惊慌失色往右紧急躲避。"咣当"，车轮悬空在路壕上，那家伙头趴在方向盘一动不动。

"报应！"

他心头掠过一丝复仇的快感，欲驾车离去。女儿从背后揪住他脖子后衣领。"爸爸，那个人头上流血了，好像要没命了，我们快救救他吧！"农夫与蛇两个影子在脑海交替闪烁。不忍面对女儿悲天悯人的无辜的眼神，他猛咬了下嘴唇，不情愿地停下车。

纠结中，他把光头疤背进自己的车，一路疾驰送到了医院。急诊科医生说，那家伙是由于遇到惊慌，引发自己心脏病，幸好来得及时，并无大碍。他到住院部交了押金，匆匆回家。

电视上，报纸上，微信群，紧急寻找"见义勇为好心人"的报道信息铺天盖地。亲友们质疑是他，纷纷打探，他视而不见。

风消云散。做农夫毕竟比做一条忘恩负义的冰冷的蛇好。他竟然对光头疤还有点小感激。如果不是那个目标，他这辈子也许开不上宝马。

那柄快刀被他用报纸包好，送给小区门口一对卖西瓜的农家夫妇。宝马也被他卖了，他回老家包了一百亩荒地，种上了果林。

他把自己经历的这段故事写下来，参加"德行天下"全国征文，获了特等奖，一万元奖金捐给了家乡"希望小学"。

（2021 年第 10 期《微型小说月报》）

第六辑

荒诞空间

◀ 三棵树

　　乾坤山顶，盛开着大朵大朵的莲花云；山下，负重的挑夫似蚂蚁衔米粒爬行。

　　乾坤山山水平平，却以树称奇。千余种各色树木葳蕤茁壮，又名"千树山"。

　　山中，兀自伫立一坤星楼，楼上建有文昌阁。修松长柏掩映其间，已逾千年，古朴神秘，据传为纪念文曲星而建。

　　阁中，盲人方丈悟真偶尔打坐。悟真虽目失明，耳力异与常人，人云可以穿时越空。听一座林间多少雄雌飞鸟，山中多少大小走兽，甚至是多少只蚂蚁，都毫厘不爽。因每每预知灵验，前往占卜问卦者众。我任职县文联，每年都上山走两遭。先前的"三人行"上山，如今唯我踽踽独行。

　　大学中文系时，我与同学郝谦和谭瑟关系甚笃。成绩不分伯仲，轮流争第一，被班主任孔老师称作"三人行"。彼时青春年少，三人每年常约伴上乾坤山，登坤星楼，不亦乐乎。奇树秀枝，影影绰绰；清风雨露，云遮星布，带来写作灵感无数。夜里泪泪滔滔，成就我们多少锦绣华章。

毕业十余年，郝谦做了市长，谭瑟当了国企老总。来往稀疏，上山更是屈指可数。

忽一日，郝谦和谭瑟电话相约上山。称忙中偷闲，登山怡情，释放压力。我作为东道主携二人重上坤星楼。巧遇悟真在文昌阁打坐，二人互相瞅瞅又盯我一眼。我心领神会，三人一同拜见方丈。

本拟依次相问，他人回避。"既为知友，不必不必！"悟真招呼，瘦躯银须，一派仙风道骨。

"凡人，肉体与灵魂同步，断层必有灾殃。"悟真似念念有词。

"文化？权势？时空？可否弥补断层？"郝谦最喜哲学，率先发问。

"不足知足，影正行正。唯自律可救！"悟真一字一板。

"人人如可自律，何必上山求拜？"谭瑟嬉皮笑脸。

"除自律，可有他法？"我们三人异口同声，相视而笑。

"阁下多奇树，你等各选一株。认捐，或免余祸！"悟真并不作答，起身下指。

郝谦先挑一翠柏，一搂粗，老树虬枝。雄居林峰，卓尔不群。

谭瑟挑一"夫妻松"。但见两松一高一低，伫立耸入云端。树中各伸一枝，交互缠绕。两树相距一米之间，一株小松玉树临风。如一家三口，煞是喜人。

我选一白杨树，高大通直。北方普通一木，皮实耐活。树贱易养，囊中羞涩，与捐资少相配。

认捐毕，郝谦出资让人凿山架管，引来百米外山泉。我与谭瑟的两株树顺带雨露均沾。

次年夏，我上山为杨树除草。却见巨柏枝叶萎靡，夫妻树落叶满地。

"望代为向二友传话，认捐仅为形式。唯心诚则灵！"见我一脸诧异，悟真阁上声若洪钟，之后一声叹息。

三年后，我与一仰慕我的女文友一同上山赏景。返程见巨柏干枯，夫妻树高者干裂欲倒，我的白杨也了无生机。我疑惑丛生，忙上阁探问究竟。

"我夜听巨柏，贪汲山泉甘美，吸水过盈烂根而死；夫妻树主树右侧十米一柏树于地下缠绕其根吸取精华，必行将就木。白杨蠢蠢欲动，如不引以为戒，三树将殊途同归！"悟真不问自答，并不抬头。

年关，谭瑟电话称郝谦被纪委带走，巨额存款并十余套别墅充公。有点儿物伤其类，未几挂掉。又半月，饭后阅报。报载谭瑟贪权好色，常与女下属放浪形骸，已被留置。我大为惊异，撕了离婚协议书，拉黑了两位常联系的女粉。

我懼然心惊，坐立不安。年后，我到省城拜见亦师亦友的孔老师。寒暄后谈及二位师兄，唏嘘不已。

"悟真是我师兄。当年我与你们三人聚会，你们三个酩酊大醉时他来了。他说你们三人才华出众，必有作为，让我多警示你们。"谈及山中方丈，孔老师若有所思，"对了，当时题过的字当夜即返乾坤山。喏，就是挂墙上这幅。"

"独善其身"。笔锋苍劲，力透纸背。耳力听树已使我惊呆，盲人竟能写出如此风流倜傥之字，令我仰山赧然。

归来后，我做了乾坤山下千米外一所孤儿院结对志愿者，为孤儿们义务上作文课。在这里，偶遇郝谦的儿子，一位青涩而阳光的志愿者。他称这所学校是山上方丈捐款建的。

仰望乾坤山顶，大朵大朵的莲花云怒放，洁白如初。

（2019 年第 3 期《南沙文学》，2019 年第 9 期《辽河》，2020年第 5 期《小小说月刊》）

◀ 后 门

　　小方借调到市委不久，有一个奇怪的"发现"：锅炉房就在后面，可后门却上了锁。每天早上大家都要绕过一楼大厅和西外墙得到 200 米外的楼后打开水，好像除了他没有谁感到不习惯。

　　小方是个遇事爱较真的人，去问办公室的同事。"我都来八年了，谁也不知道后门为啥不敢开！"大家七嘴八舌地议论一番之后，办公室一位资历最老的同志回答：

　　打开水论资排辈，小方来得最晚自然义不容辞。他偏又是个矮小的文弱书生，一边两个 8 磅重的大壶累得气喘吁吁。

　　起初小方也想忍忍算了，熬两年再来添个年轻人也就卸下了"包袱"。可一天晚上他摸着酸痛的胳膊一算账竟吓一跳："后门"不开，自己牺牲点不要紧，楼上 25 个单位每人耽误 5 分钟的时间，加起来 125 分钟，这一年下来 400 多个小时就是 50 个工作日。要是办公能为各个部门的同志办多少事，提高多少工作效益！这个"后门"得开！

　　这样一想小方也坐不住了，又去请教一位与他关系最好的副部长："我来上班 15 年了，熬走了三位书记。我也搞不太清楚，想必是怕群众议论市委也开后门吧 ⋯⋯"老部长含糊其辞。

小方觉得这解释太牵强，身正不怕影子歪嘛！他不服气地上门找市委办主管后勤的副主任。"我接这个位置时间也不长，可后门一直都这样！"副主任一句话先软后硬让小方吃了个"闭门羹"。

　　可从此市委楼上没人爱搭理小方了，觉得他这人是个"犟牛"。还有人讥讽说他"面板顶门，管得宽"。

　　出生牛犊不怕虎。小方要上二楼向书记直谏，他还未说完被办公室的黄主任挡了"驾"，"这芝麻大的事都找书记，可叫我们如何工作？！"

　　小方无奈只好改为给书记写信。信上详尽地阐明了开后门省时高效诸多优点，还行不改姓坐不改名地署上了自己的大名。

　　信寄出快一个月了，一直没有消息，小方有些着急。一天信访局的一位李同志打电话让他过去，他才知道信被书记批转到了信访局。一位四十多岁的李同志听完他的陈述，没有当即表态，说给局长汇报了再说，让小方回去等。

　　这一等又是一个多月。小方有些灰心，心想要是真正去"跑官"，那后门该多好开，不开后门哪有那么多被拉"下马"的贪官。可自己总不能为这事再去开后门吧！

　　又一星期过去了，他见了李同志，他说给局长汇报过了，没有下文，这种小事处理不好让书记发了脾气咋办，还是再等一下吧。可小方等不及了，尤其是因为开"后门"的事生闷气喝了点酒骑车跌了一跤，摔伤了左臂，那壶水提起来简直比泰山还重。"干脆就牺牲我一个，幸福一楼人吧，"小方想开了就决定真去开

"后门"。好在他是单身，父母又在乡下，不用给谁商量。

当天晚上小方买了一条烟两瓶酒去了信访局李同志的家。李同志开门见是小方又意外又惊喜："咱都是为工作，这是干吗"，说归说还是推辞着收下了。走时还为小方打包票："这回没问题，不行我直接领你去见书记。"小方回去后哭笑不得。

可不久那位同志先是出差，后是说书记忙，过一段再说，最后竟躲他不见。小方为开市委后门而开"后门"的事一下子成了笑料，许多人背后喊他"冤大头"。连乡下年迈的父母也赶来劝他："有个铁饭碗捧着不容易，咱别去逗那个能"。小方只好绝望地默认。

许是诚心所至，小方开"后门"这事还真有了转机。两年后，市委来了新书记，新书记到任不久去中央党校学习。小方怀着最后一拼的心情向在北京的新书记写信，言辞恳切又激烈，表示如不能开"后门"，自己宁愿回原单位。

新书记接信后立即打电话给小方："你的建议很好，我已经向有关负责人作了交代，后门问题马上解决……"小方听了激动得哽咽着说不出一句话。

第二天小方去打水，见后门真的开了，打水的年轻人们有说有笑，鱼贯进出，仿佛过年似的，没有谁注意到他。

小方一下子市委楼上因"开后门"而出名的名人。

第三天，单位又来更年轻的小孙，每天接替小方去打水。

（2023年第10期《民间传奇故事》，2024年第2期《微型小说选刊》）

◀ 一条鱼的理想

　　一条鱼也配谈爱情？你也真扯。你干脆先试试能不能与我们家阿黄谈恋爱吧？

　　我是一条畅游在黄河里的鲤鱼。从小我就与众不同，立志做一条志存高远的鱼。

　　虽然迟早固有一死，即便不能有泰山之重，但总不能轻于鸿毛吧。

　　自古至今，我们是流传最广的吉祥物。

　　春秋时，鲁昭公为孔子儿子庆生送的锦鲤，取"鱼跃龙门"之意。是我们的鱼界的最高榜样，也是我终一生效仿的偶像。

　　我们最尊贵时也沾过皇帝的光。因"鲤"与"李"谐音，所以我们在唐朝不准食用与买卖，如周敦颐《爱莲说》中"可远观而不可亵玩焉"的莲，风光一时。

　　古人用鱼形木板做信封，用于传递书信。在古诗文中，我们又是忠诚友情、忠贞爱情的象征。

　　如今，"鲤鱼跃龙门"作为民间瑞图，常见于景区的影壁墙。传统剪纸、绘画、刺绣纹样中也屡屡定格，留下我们的倩影。有

"吉庆有余"美好寓意。

扯这么远，你总该知道我拥有远大爱情并非偶尔的心血来潮。

我的理想是：夕阳如画，淡风拂面，竹林静立。一位手不释卷的心仪青年沉静若水，端坐岸边垂钓。不用饵料，我也会上去紧咬他的钩，被他轻轻一吻，放进清冽若饴的水塘中洗个冷水澡。然后，在戴了项圈的月光夜，他濡染了书香的手，将我不盈一握的纤腰卡住，温柔地抚摸着我纯洁的玉体。再在香锅里洗个热水澡，我会用香醇的体味，挑逗他的味蕾，陶醉地融入他的胃。在满天繁星见证下，成全一段为爱浴火重生的人鱼之恋传奇。

为圆此梦，我已等待千年。我信奉一条真理："莫张口，张口必被捉"。那些贪婪的小伙伴们，经不起钩上蚯蚓的诱惑，不听我劝，纷纷你抢我夺去咬钩，早早夭折了年轻的生命。哪怕再饿，我也要学不为斗米折腰的朱自清，为爱的人守身如玉。

可是，越来越多的浮躁像五颜六色的肥皂泡，起起落落，遮云蔽日。那个沉静的男子始终杳如黄鹤，让我这个简单的愿望孤独成空。

我的日子，承受着多重煎熬。一边是韶华易逝，空守闺房；一边是中游多处矿山偷排的污水，令我窒息，生存空间日益逼仄。无望地静观闺蜜们一个个出轨，寻找各自的梦外云天。可我依然固守理想的初心。

生活中，意外总是多过计划。黄河开闸放水，我几次摆脱将被搁浅捡拾的命运，却不虞被一位眼毒的熟谙水性的村民双手擒获，横空出世。

"好大的野生锦鲤，发大财喽。"岸上一群乌合之众齐声惊叹。

挣扎，摇摆，无助，绝望。我被双层大塑料袋抖住，送往菜市场。又不幸为一高档饭店老板慧眼选中，暂寄厨房过道的大鱼缸里存养。食客们狼一般的目光虎视眈眈。他们除了吞咽涎水，根本不懂一条美人鱼失魂落魄的爱情。

在等待宰杀，生命倒计时里，每一刻都度日如年。感谢美丽的老板娘从老板举起的刀下救下了我。

"这么好的尤物，应当有更好的归宿！"她狐媚地笑。她弟弟是名大药商，有笔大买卖，正为如何为久攻不下的某厅长愁肠百结。

我在老板娘与弟弟的对话中吃惊地得知，一批不合格的儿童疫苗正通过某主管部门销往全国各地。厅长外有小蜜，常通过娇惯夫人掩饰自己伪君子的道貌岸然。夫人最爱吃野生鱼。

等不到我的如意郎君，却被剖肠刮肚塞进一笔肮脏的新钱。用塑料袋包裹着我雍容华贵的身体，在黑夜掩护中去往别墅区。

进了小区，在别墅区门口，我快奄奄一息时，突然发现墙上有圆柱形的金属壳，里边有个玻璃球样的"眼睛"时不时红光闪烁。

机会千载难逢，稍纵即逝。我拼尽最后吃奶的力气奋身一跃，便从茅台酒箱子上面滚落，金贵的东西跌散开来，又被一双黑手重新塞入我的腹腔。我又一次疼死过去。

在我最后的理想爱情破灭之际，我只能这么选择。不为永远缥缈无期的爱情，只为不辜负一条鱼作为吉祥物的良知。

我没有等到厅长与老板娘弟弟走入高墙的那一天，不知道我的行为被办案人员誉为"功臣"之举，后来也被街头巷尾的人们称作"鱼死网破"。

但在梦里，那个儒雅的白马王子正向我拥来，满眼都是爱怜和钟情。一丝不苟。

（2018《荷风》冬卷，2020 年 6 月 25 日《河南工人日报》，2020 年第 9 期《金山》，2020 年第 8 期《杂文月刊》，2020 年第 12 期《阅读与作文》）

◀ 县长丢了一只狗

　　县长中午陪外商吃喝多了肚子有点撑，下午快七点开完县常委会，踉踉跄跄直接去蹓狗。绕公园半圈突然内急，找个偏僻地方解决。谁知狗改不了吃屎，县长恼火飞起一脚，那狗呜咽一声醉鬼一般歪歪绕绕，飞快前跑，等县长跋上裤子，早一忽儿不见了踪影。

　　那条狗是一条纯白的进口货，深得县长夫人宠爱。县长两口为狗拌了嘴，整夜背靠背。

　　早上司机接县长上班，见县长脸色憔悴，皱巴着一张脸。诡笑地问，县长说狗丢了。

　　主任进县长办送文件看县长不似平时开心，出来急忙问司机，得知原委。郑重其事一脸严肃地交代司机说："丢狗这事说小也小说大也大。这可是县长家的狗哇，影响县长心情耽搁全县工作事就大了，速发工作群，让大家帮助找找！"

　　司机立即照办群发，谁知才十个人的工作群一潭死水。大家年底又都忙于工作，下班还要加班的也不在少数，连续一周也连狗影子也不见。见县长天天拉着脸，主任心急如焚。司机急中生智说，不行发"粉丝群"试试吧？众人拾柴火焰高！主任说，那就发下试试。

司机建的这个"粉丝群"，除了他和主任外，还有县长的二十个铁杆，最铁的几个甚至把自己夫人也拉进来了，有三十人。县长也在，但一直潜水，很少发消息，遇到饭局牌场有事都单独聊。

"县长的狗在公园跑丢了！"群发后粉丝群顷刻间炸了锅，除了发同情、沮丧、担忧、痛苦表情外，出现了"快找，立马找，保证找到！"的群应，甚至出现不少手握拳头宣誓的夸张表情。

果然人多力量大。公安局局长第一时间响应，打电话给县长说，已组织所有协警，让治安大队通知保安注意寻踪觅迹，务必找到。建设局长也不甘落后，向县长电告："已安排所有环卫工随时注意狗动向，狗的玉照已群发所有人手机！"公园所在地城关镇镇长也表示，动员全体人员，包括离退休干部开展"地毯式"拉网搜寻。一连几天，公园附近晨练晚练的人明显多起来，到处是一双双搜寻目光组成的庞大队伍，见到熟悉的彼此会心一笑。

县长本周正好有个考察会，见夫人仍然为丢狗一事不悦，果然让主任另购一张机票，带上夫人一块顺便"陪考"。考察旅行让夫人换了环境心情大悦，二人忘却丢狗烦恼，关系和睦如初。

下飞机回来已是晚上十点，正待打开小院子门，只见大门西侧以前十几平的开放式狗棚里，或站或卧有八条酷似自己走失的白色狗，见有人来一齐"汪汪"声大作。棚边窗台上整齐地放着八袋包装精美的狗粮，有的还鼓鼓囊囊的。袋后有自己熟悉的某局长某主任等找狗人的名字。县长皱了眉头，若有所思。

这时，市纪委阎书记电话打过来："嘿，你不在家吗？这是跑养狗场了，好多狗叫？！"县长说"啊，啊，是啊！哈"，打着哈哈就挂了。夜里，县长与夫人望着粉丝群好几条"是我找到了！"的消息，四目相对，一夜未眠。

次日，县长说丢了的狗"老马识途"，自己回来了。让办公室主任在"粉丝群"通知后把群解散，司机按狗粮袋上名字一一退还送狗人。

从此，再也不见县长蹓狗了。

（2018年5月22日《检察日报》，2019年第1《幽默与笑话》）

◀ AA 饭局

　　年三十夜，春晚有点乏味，迷迷糊糊靠沙发上睡着了。做了一个妙不可言的桃花梦。

　　大年初一，正在梦中浪漫艳遇，突然被一个电话惊醒了。

　　"老同学，周三同学在中州国际酒店晚七点聚会，女同学免费，男同学 AA，你一定要来，不见不散哟！"彼时的同学校花嗲声嗲气的嗓音。

　　接到这个特别的饭局我又喜又忧，有点纠结。

　　去呢？同学聚会？美女云集？偶尔调笑？观美健康？理由不一而足。不去呢？作为工薪一族，妻子的钱用于她的服装化妆品，我的每月还了房贷一千八，加上随礼与同事喝个小酒三千元就月光了。喝碗牛肉汤只喝七块的，加三块肉都得看妻脸色，随礼二百元以上都要给妻手机微信汇报截图为证。

　　去吧？高中同学十年没聚了，我的美女同桌还漂亮吗？大过年的妻子政策不会放宽松点吗？何况男同学们 AA，有十个同学参加大家一平均二百块也够了。忐忑之后终于在心里说服了自己：去！

为了心里托底，我还专门给两个关系要好的同学甲和乙二人打电话通气。

甲说"背过黄脸婆与美女同学约会，这么好的事赴汤蹈火也心甘情愿，能不去吗？"乙说"你猜呢？我去，我去，我去！哈哈哈！"

打了两个都说去，这百分之百的概率让我心里吃了定心丸了。

初三晚六点五十，我染了头发吹个时尚卷毛头，西装革履提前十分钟非常绅士地入了中州国际"同窗情"餐厅。校花、女同桌等九个女同学已经入座。令我大跌眼镜的是，除了校花还保持从前的苗条身材，我心仪的女同桌与其他几位都发了福，甚至臃肿不少。更令我奇怪的是，除了我，再无一个男同学进来。我急忙打电话给甲和乙，听筒里均传来"对不起，你拨打的电话已关机！"我尴尬地笑了，虽坐在主宾位，心里仍忐忑不安。

酒宴在我郁闷的心绪中进行。校花第一个站起来为我敬酒。"祝老同学狗年更帅，青春永驻！来，今儿喝个一醉方休，端三碰一"，四杯酒下肚我喉咙一阵灼热。接下来女同桌敬我，我想婉拒，谁知她却说"老同桌能一视同仁平等相待吗？不喝是嫌俺变丑了没咱们校花漂亮不是？亏你还是同桌呢"。后边仅这同一个理由，不胜酒力的我便一瓶见底了。

聚会真好。醉眼蒙眬中，眼睛有点模糊了。眼前的九位女同学又变得像梦中的佳丽，个个容貌俏丽，风姿绰约。我仿佛皇帝一般顷刻便拥有了三宫六院，结结巴巴的侃谈中连"朕"都冒出口来了。听得女同学们一个个笑颜如花，手舞足蹈。

聚会热烈地进行了漫长的三个小时。我痛苦而无奈地移动醉步前往前台结账，虽然心知此番聚宴花费不菲，但看到三千元的账单仍然瞠目结舌，心里一阵绞疼。

我跟服务员说先去下洗手间回来结。从洗手间摇摇晃晃出来，却见有个临近的餐厅包间有个熟悉的身影出来，一个小美女紧随着牵了手往外走，边叫"老公，慢点走，等等我！"我仔细一看，原来是甲！我不管三七二十一一把拉住他，"好哇，不参加同学聚会偷偷背着嫂子与小美女约会？！我现在就打电话给嫂子！"我佯装拨号。

"老同学，求求你！千万别告诉你那河东狮吼的嫂子呀！你让我干啥都中！"甲哭丧着脸乞求。

"快跟我去买单！"我边说边毫不客气地从他口袋里掏钱。甲一副可怜兮兮的委屈样，双手上举，表示妥协，显得无可奈何。

我到前台一数才一千五百元，只好摸出自己的信用卡又刷了一千五买了单。

打的回家，轻轻开门，我打算偷偷溜进门。不想妻子杏眉怒目站在门后。"好哇，老实坦白！三更半夜干嘛去了？"

我刚想编个借口搪塞过去，不想妻子指着手机短信又说"你胆儿真肥。一下子刷了一千多？"我这才猛然想起来，晚上走时匆匆忙忙错拿了妻子的银行卡。两个卡颜色一样，密码都是孩子生日。难怪她一下子就知道了。

我只好如实相告，自己只是躺着中了枪。

"躺着中枪？谁信呀？饭局饭局，饭里有局，你懂吗？"妻子生气地回房间去了，反锁了门。

我在客厅沙发上一夜辗转无眠。奇怪了，说好的好梦呢？怎么与现实相反了？

次日一早，我终于打通了乙同学的电话，质问他昨晚为什么忽悠我。

"听说现在女人们流行一种饭局游戏，叫找个花心男同学AA，我还是听我老婆说的！"

（2018 年 8 月 1 日《今日赤壁》）

◀ 导　演

　　星期天中午的丽景公园游人如织。成双入对的情侣新潮时装将公园点缀的五彩缤纷，我挎了相机到处兜揽生意，却无人问津，遂百无聊赖地坐下喝茶。

　　这时一副绝美的风景从对面湖水倒影里闯入瞳孔：平静的湖面上，一个姑娘身着白色连衣裙婷婷而立，修长的身段，秀美的面孔、高耸的酥胸、轻闭的樱唇、微垂的眼帘……好一朵洁白的睡莲！好靓的镜头！

　　按相机，几乎有点按捺不住自己不可抑制的冲动。"美是不能据为己有的"记不得是谁说过这句话。

　　"哎，哥们儿，快……"一个穿花格子衬衫的青年从旁也冒出来催拍。

　　"不，不行……"我朝姑娘的倩影喃喃自语，口是心非的回答。

　　花格子青年彬彬有礼地踱到姑娘面前，说了几句话，似乎在解释，然后站在一边，向我招手示意，像是征得了姑娘的同意。我一阵狂喜，飞快按动快门，一口气拍了五张。

　　两天后，五副绝世佳丽的偶像玉照如玉树临风，微笑着站在我的照相馆的玻璃橱窗里，吸引了许多红男绿女围观。生意看好，也无须再到公园去"守株"了。真感激她，我心里甚至暗暗喜欢上她了。

花格子青年前来道贺，我请他到豪华的蓝天酒家撮了一顿。临走。他突然问："听说你和辉是同学，能不能……."

我顿悟，感激地握住他的手，又塞给他两盒"大中华"。

加洗的照片寄给摄影协会的同学辉，他还真够哥们儿，一副推荐到一个全国性的"摄影大赛"弄了个一等奖。另四副选入他的"人物挂历"销路也好。

我捧着获奖证书和三千元奖金，大喜过望，盘算着明天如何回报那个不知名的姑娘，如何表达我对她的"那个"。夜梦中我们一起在公园蓝色的湖面上鸳鸯戏水……

第二天，我正在关照相馆的门，却意外收到法院的一张传票。法庭上，我和同学辉同时站在被告席上，我狠狠地瞪圆眼睛向原告席上刺过去：啊！是她！"睡莲"！

她居然口吃伶俐地指责我和摄影协会侵犯了她的肖像权，要求赔偿她 精神损失费一万元，赢得了台下旁听者阵阵喝彩。辉狠狠地瞪着理屈词穷、狼狈之极的我。最后，我们败诉了。在听判决时，懵懂中竟发现花格子青年坐在律师席上。

从法院出来的路上，我和辉垂头丧气地走在人群的后面。

这时，"花格"拥着"睡莲"赶过来："很抱歉，让你受惊了。我们是要开展一次关于公民肖像权的宣传，钱就不要了。这是我的未婚妻娜娜，时装模特 ....."

（1998 年 6 月 26 日《中国建材报》1999 年第 5 期《微型小说选刊》）

◀ 怪 茶

　　老王茶道颇深，在市里闻名遐迩。

　　每每论及茶经，老王神采飞扬，从种植采摘到炒制加工再到沏茶品茗讲得头头是道，间或插几段茶中奇闻轶事，令茶客大饱耳福，更兼"闭目道茶名"绝活，人称之"茶怪"。

　　老王赋闲在家，唯一的嗜好是带着5岁的孙儿到各家茶庄品茶，从小就对孙儿输送"茶经"。

　　老王今年以茶文化协会理事身份参加了两次"茶节"。一次在省城，另一次是在省外，风光无比，身后跟随了一批闲散的茶客。

　　老王房后新开了一家不起眼的小茶庄，生意清淡。开张时他被邀请去过一次，老板暗示他以后如能光顾将免费供茶。老王不以为意，觉得仿佛受了侮辱，从此更不肯再去，宁愿跑远一点的地方。他尽管对店家的烧茶功夫无可挑剔，但并未觉出好感来。品茶，重要的是感觉。

　　一日晨，老王与孙儿散步归来，感到口干舌燥，懒得远涉他庄，遂破例到店后小茶庄品茶。老板忙不迭地亲自招待，老王未曾端起先觉得一丝异香拱得鼻子直痒痒，及至小啜一口，一股似咸非咸似酸非酸似淡非淡似浓非浓的味儿沁人心脾，精神不禁为之一爽，道一声"好！"遂再品，慢慢感受，连声道："真乃怪茶！"

催孙儿喝，孙儿却不喝，只是在一边傻笑。老王一连喝了 3 大缸，付钱时被老板推了半天才收个零头，咂咂嘴满足而归。

从此，老王不再远涉他庄，非此茶不喝，众茶客闻之皆来品此店"怪茶"，小茶店一时声名鹊起，大为红火。

老王喝了 3 个月，气色比先前更好，且有耳聪目明返老还童之感。因为孙儿不肯与他同喝，他亲眼目睹店家烹茶工夫，并不见特殊配方，心里便有点不快：讲过多少茶经，竟然道不出"怪茶"之因。

又一日，天将亮，老王夜里喝茶过多起来小解，忽闻墙外也有"哗哗"之音，随好奇将头探出窗外。却发现，小茶庄的水池旁，孙儿一脸坏笑，正在往池里撒尿。

从此，老王不再到小茶庄去品"怪茶"，小茶庄的生意却依然看好。

（2022 年 11 月 10 日加拿大《七天》）

◀ 复 仇

....

"冈村先生，你，你不能……"

"住口！"冈村气急败坏地打断私塾先生的话，然后举枪瞄准。"我要你的小儿子，还有你这个老东西，抵命！"

"砰。"一颗子弹送上天空。"爹……"那个衣着破旧但长得十分秀气的小男孩眼里盛满恐惧。揪心的喊声撕裂了私塾先生的神经，他立刻晕倒过去。

"砰。"又一颗子弹击中了男孩的胸部，喊声突然凝滞在半空，小男孩倒下了。一阵复仇的快感掠过冈村的全身，但很快，他的心里隐隐作痛，手无力地垂下来，痛苦地闭上眼睛。十年了，十年来的离合悲欢一幕幕在脑海里展现……

22 岁那年，冈村到中国留学，爱上了房东富绅的女儿玲子，遭到富绅的强烈反对。但两人依然坚持他们的爱情。两年后冈村回到日本，从此天各一方。只是从信上得知玲子不久就为他生养了一个儿子。冈村在军部学习仍惦挂着玲子，始终未娶。冈村带兵侵略到南京，故地重觅，才知道玲子三年前被私塾先生的儿子奸污后扔进海里溺死了，年仅 5 岁的骨血也神秘地失踪了。他派人去抓那个十恶不赦的土匪。那狡猾的家伙闻风而逃，投奔国民党去了，只抓到私塾先生和他的小儿子。

"冈村，你这个刽子手！竟然会对一个8岁的孩子下毒手……"私塾先生醒过来双目圆睁，忿忿骂道。冈村被他盯得心里发虚。

"我不想知道自己为什么要死。我也决不怕死，但我死之前有一个要求，"私塾先生顿了顿，声音变得低沉，"如果你还有一点人性的话，请你帮助我查找一下这个无辜孩子在日本的父亲。告诉他，他的孩子死于今天帝国的侵华战争……

3年前，我的逆子杀死了一个叫玲子的寡妇，我感到罪孽深重。我没有教育好自己的儿子，就收养了玲子流浪的儿子……请代我向孩子的父亲转达我的忏悔……"

冈村感到天旋地转，他踉跄地扑向儿子，疯狂地搂住他尚有余温的瘦弱的身体，脑海里一片空白。

尔后，冈村在惊呆的私塾先生面前直直地跪下去为他松绑，目光呆滞而茫然。

"你，你，你可以走了……"

"砰。"又一声枪响，在私塾先生刚刚转过身去的当儿。

◀ 遗 嘱
··················

"叭。"

那只翡翠玉的上面镶嵌着长寿不老松的茶杯，终于禁不住剧烈的颤抖，从他的指缝间滑落下来。这位慈祥的老人，为眼前始料未及的"便条"所惊愕，悲戚地注视着侄子赫鲁利送给他的"福音"。

"仁慈而善良的罗斯格伯父：

现在你该明白你的处境了，不要徒劳无益地按报警铃或者打密码电话。该做的侄儿都替您做好了。

您服的是安乐灵，目前世界上最新'黑色'高科技产品，当然也是最昂贵的。当您喝完这杯茶水就意味着您还有 5 分钟的再'发言'时间；请你选择'安乐死'，实在是侄儿不忍心也不得不做的。

我早就看出来这半年之久您对表弟异乎寻常的关照，我担心你会因为侄儿的五毒俱全而放弃原来的遗嘱。你该看在侄儿这一段因债台高筑的窘境而为我着想。如果您将六百万遗产送给表弟，该叫侄儿如何度日？何况您的病也是难以治愈的，与其在繁杂的尘世间苦度，何不静心飞入上帝恩赐的天堂？请宽恕晚辈的鲁莽。

另外，看在您多年对我的养育之恩上，你有权利在下面留下你要说的话，我会悉心料理你的后事的。

　　--侄儿赫鲁利 敬上"

罗斯格绝望地盯着桌子上的便条，突然发出一阵恐怖的笑声，抓起笔在便条上狂草：

"实在抱歉得很，你疏忽了伯父的高明之处。如果我只是个七窍通了六窍的普通人的话，便不会有今天雄厚的实力集团公司。你算计得晚了，我知道在这个世间遭到暗算是迟早的事。我已经另外立遗嘱将六百万固定资产捐献给儿童福利院，我想上帝不会因为做了善事而拒绝我上天堂吧？何况人总有一死，我会安心离去，比你荣光且问心无愧！

第六辑 荒诞空间

更令您遗憾的是，再过 5 分钟，我秘密雇佣的精明的胡奥尼警官会因为我呆在里面超过 10 分钟而来看到你的便条，那时我会欣慰我们两个的天国相会。"

又一阵狂笑，罗斯格老人的面孔狰狞地抽搐着倒在沙发上，眼睛死死盯着那只翡翠玉的上面镶嵌着长寿不老松的侄儿赫鲁利敬送的茶杯上。

◀ 和骗子对话

张老师。我是骗子，方圆千里江湖都有我的传说。知道吗？我尊敬您是我的小学老师。可是有言在先声明过了。别上当受骗后悔说我没告诉你。

我教过你能不知道你？我现在写小说，可那是说谎的艺术。我实在不行。从小实在，没少吃亏，连蚂蚁都等着占我便宜。

无事不登三宝殿。学生四海为家，只好在这大排档请你吃顿便饭，咱今儿边吃边喝边聊。大老远地来找我？肯定是有事？

听说骗子擅长虚构，脑子里七扭八歪全是云雾缭绕的干货。像探囊取物，如江河浪花从嘴巴汩汩滔滔，吐出锦绣。是不是？

唉，人穷志短呀。我从小个子矮，营养不良，像根豆芽，半担水都挑不回家，怕吃苦。没钱还想享受，好吃懒做。这世上有力出力，有智靠智生存。学生没力，只有出智。去舅舅家走亲戚，拿走相机，借为表弟同学们拍毕业照，混吃混喝，骗了一百多。又拿相机抵押借银行一万元。假相机，只会咔嚓咔嚓响，闪闪灯光。

还有这光荣历史？这很传奇！

嘿嘿。别笑话我。干我们这行，说谎不眨眼，脸皮特别厚，跟长城上的砖一样。还得嘴巴甜，会灌迷魂药。

你没找份正经工作？

要啥工作？天是咱的地也是咱的，还有来来往往的行人，包括你，哪个不是？随时随地开展工作。

哈哈。想不到你视野这么开阔，心态这么阳光？

后来日子混得也惨哟。住监狱，父母断绝关系，妻子离家出走，女儿寄人篱下。点儿背不能怨社会，命苦不能怨政府。满肚子委屈，欲哭无泪呀。

我去探望过你。你一把鼻子一把泪，我回来把家里一只老式手表当了给你当伙食费。

隔河作揖，承情不过呀。学生我会啥？除了骗人啥也不会。你那手表不算啥。我们监狱长值班，我哭天喊地还骗他千把块呢？

你不当演员亏死了。好汉不提当年勇。来，咱再整一杯？

真对不起。老师，那时上学时。没有汽车，骑自行车。我借走了您唯一的自行车，偷偷转手卖了。我可真浑，悔不当初呀。呜呜呜。

这都啥年月的事了，我早忘这茬了。其实当时我知道，邻居都替我揭穿了。可你是我学生，就当我赞助你了。

人生在世吃喝二事，开个小店准天天有收入。信不信？哎，想起来了。我擅长做小吃。买料做小吃，汤圆，鸡汁米线。您去县城找我还夸我手艺好，是国家级大厨的材料呢？

好像有吧。时间长了，老师脑瓜不灵便了。

真是无巧不成书。上午您找我前，我还劝我房东，您楼下店面有人转，空着也是空着，不如给我盘下来做小吃。挂招牌，"诚信小吃店"，再雇俩靠谱服务员。您说行不行？

你走南闯北，见多识广。只要肯干就能成。得多少钱？

现在钱不顶钱了，这块市中心，房租连装修没有十万下不来。咱俩一人五万，分红二一添作五。我刚看好附近一家要转让的店，黄金位置，人流跟洪水似的可股冒。师生联手，黄金搭档。您就坐享其成，等着天天进账吧？我也总算有机会报答恩师。把欠您的自行车和手表债，翻几十番还给您。

好！浪子回头金不换呀。我再信你一回。给，这是现金5万。我身上就这么多了。你可得好好经营，别再招摇撞骗了，人一辈子不就落个好名声吗？

老师，难得您这么信任我。古人说。一日为师，终身为父。您就是我再生父母，要不是这人多，我当面都向您跪下了。来，为了合作共赢，咱喝个一醉方休！

老师帮学生，天经地义。那不是应该的啊。

哥呀，您是我教过老师中最实在的，有钱谁还写小说呢！可是现在这钱归我了。雪中送炭呀！我这回真有急用，我欠老年公寓点钱，再缺德也得还。每个人都会老，这钱必须得还。

缺啥不能缺德，年近半百你终于活明白了。来，为你的进步干杯。

看看看看，书读多了容易呆，生活远比小说精彩！你又上当了吧？这回不赖我呀，一见面我都声明了。这地方没监控，报警也没用。现在你又没钱了，还是回去继续写你的小说吧！

是呀，你的故事七天七夜也写不完。不过，你千万别着急谢我，两位恩人在你家呢。

我家？两位？老师，您开玩笑吧？

没有。我来时借你爹娘的。我说我是来救你回家，他们把从牙缝里抠出来的5万给我了。你信吗？

开国际玩笑！他们俩信你？我骗一辈子爹娘都不信我，一分也不给我。这回我算是骗到家了，太丢人了。一辈子骗来骗去，到头却骗到了自己。

真的假不了，假的真不了。这钱怎么用？店怎么打理可是你的事了。我仁至义尽，只能帮到这了。我回家把你的故事写成中篇。史记里说，孔子写《春秋》，乱臣贼子惧。虽然你不够格，但我不信邪，这么生动的故事不能发表，也许会获大奖呢。拍成电影，你本色出演，票房估计好到爆炸。要真获奖，奖金替你捐给老年公寓。怎么样？

老师，您千万别这么写我？千错万错却是学生的错。刚刚我是给您闹着玩的，给，这钱还给您！

说出去的话，泼出去的水。能收回来吗？我心甘情愿，也不会报警，你放心拿去用吧。

人要脸树要皮，这回真改，再也不当骗子了。向您保证，俺这就跟您回家。您为俺后半生做证，我开个小吃店，给娘养老送终。

◂ 回生莲

"你爹，他……"一上班正要开会，乡下刘叔打过来电话，声音透着悲凉。

爹去了？我自幼丧母，他一生孤身带大我。我今年刚当上国企老总，母亲病故后，他不随我到连云港，偏住老家。每周一七点爱给我打一次电话，又总不说啥事。我说咋没他电话呢。

想到跟上我可没享几天清福呀？我不禁一阵难过，心里揪疼。

我叫常务李总过来，交代完工作要回家奔丧。李总不放心。他说你心情不好咋能开车，喊司机车加满油。还让班子留下一人值班，其他人随同。"老爷子走了，是大事让我们也尽尽心，送一程吧！"见我犹豫不决，李总眼含悲戚。

我只好默许。

一个半小时后，五辆车一字排开下了高速，到了村口。

老远，父亲发小刘叔倚在老屋大门口。见我们一行，又猛转身回院子里了。

我有些纳闷。爹退休后当过五年村干部，在乡亲们中缘好威望足。他去了，乡邻们除了刘叔，没一个料理后事的？

"你，一个人进来！"刘叔哑着嗓喊我。

我目光示意让李总几个门前止步，随刘叔往院子里走。檐下，爹生前早早备置的黑棺泛着幽光，一块红绸布斜挂。

进堂屋，入东门。父亲横躺着，盖着薄床单，头却扭向另一面墙。

我近前。屋子灯光很暗，爹的脸有些苍白。

爹的左额头刀疤赫然在目。那是爹钢厂保卫科上班，晚上八点接班，遇俩小偷拉了一车钢材。小偷先来软的，说分一半给父亲遭拒绝。来硬的，警察来时，三人已被爹捆了麻绳，爹被刺了一刀留了疤。左胳膊上条状疤是他那年家里穷困，外出跑龙套当替身受的伤。

想到素来钢般硬气的父亲吃过的苦，连灯泡都是十五瓦的，不舍得用电。我不禁鼻子一酸，悲从中来。

可我颤抖着摸到爹的手，居然是温热的。

爹？回光返照？起死回生？

"跪下！"爹猛然把头转向我，在我吃惊的当儿。

"爹，您老人家吓我？这究竟是弄得哪一出呀？"我惊惧。嘴唇发抖，扭头看一眼目无表情甚至是漠然的刘叔，扑通跪地。

"党培养你 30 年，我教育你快 50 年，你到了知天命的年龄，到底没能经得起生死大考呀！"爹气得坐起来，脖子上梗着青筋。

"儿犯啥错了？"我疑窦丛生。

"你给我说，这回奔丧。公司来了多少人？几台车？"父亲因愤怒一阵咳嗽。

"十几个，五台车……"我脑门冷汗涔涔。

"咕。咕。咕。"我的手机提示音不合时宜响起来，显示的是红包或转账。

"你继续……点开看看，收了多少礼金？"父亲呼吸急促，恨铁不成钢。

我依次点开，同学的，朋友的，员工的。从二百，五百到一千的都有。还有一个一万的，那是营销奖励定点的家电经销商。我愣住了。

"你难道忘了，邻村三儿他爹咋死的？三儿局长任上利用他爹做八十大寿，收了人家五十万，被判了十年？老人家体面坦荡一辈子，临老颜面尽失，还不是悔恨交加气过去的？"父亲长气短接，胸脯起伏，"你说，收这些咋办？"

"爹，我懂！"我顿悟。懊丧。

"凡是归你管的，求你办事的，超正常人情的礼金，一概退还！"父亲瞪我，鼻孔呼哧呼哧，"你赶紧出去处理下，再回来！"

我出院门，从包里拿了两千元交给财务科长，冲掉车费。让李总带大家立即回公司筹备营销会，我回去就开，迎接"苏战开门红"业务。

"你要真有孝心，哪天我去了，就让爹走得干干净净，无牵无挂！"回屋，父亲站起来握住我手，"爹放心不下，这回和你刘叔合计了，才喊你回来的！"

我羞愧交加。

"跟上我走！"父亲拽我。

三人进了后面村史馆，重温两千年古村淳朴民风。大红"乡贤人才"一栏，胸前佩戴党徽的我大头照排首。我脸骤红。

我们进了隔壁村图书室，那是县文化和旅游局援建的乡村书屋。内容都是涉猎农业生产的，养殖种植和民俗文化方面的。

我把准备给父亲办丧礼的两万元，交给刘叔。委托他交给村委，购买法律类图书给书屋。

"哪天我真的不在了，就许你一家子回来。必须从简。到时还让你刘叔做个见证！"爹一脸欣慰，"赶紧回公司，好几千员工等着你呢！"

"明白你爹苦心，回去好好干！"刘叔的歉疚里满含真诚。

我拜别二位老人，迈着坚定的步子出发。

（获 2023 年"清风盈怀植廉杯"廉政小说征文大赛优秀奖）

◀ 限　制

　　作为一名负责联系地球与月球的《宇宙日报》记者，有个真实的新闻故事限制了我的思维。以下为我对其中三人的采访。

　　光秃：真的是有钱能使鬼推磨。贫穷不但限制了我的生活，也限制了我的思维。当我中了天文数字大奖，一刻也不愿看见那些从鄙视到妒忌的血红目光，拉着对我不离不弃的青梅，租了一艘飞船到了月球。没想到月球王是个宰人的家伙，光门票就比定价翻了一番。理由？他指着另一艘飞船，贝利已捷足先登了，你们可是两个人？我以为地球上全是大款，中产阶级也敢上来。我买卖公平你还讨价还价？好吧，上不来下不去，好马又不能吃回头草。我只好用目光央求青梅，她忍着委屈强作欢颜陪月球王喝了杯咖啡，我俩才按原价进门。毕竟，过日子得悠着点花吧。可郁闷的是，仅仅不到一月，我就失去了青梅，还被强迫返回地球，还有没有一点天理？

　　贝利：只道是有钱可以任性，谁知到了月球才明白，富贵限制了我的认知。上来之前豪车飞的、莺莺燕燕的生活，让我感觉自己像行尸走肉。尽管我是自由一族，也实现了财务自由，但耻与那些贪得无厌尸位素餐者为伍，一怒之下坐自己飞船上了月球。果然是片乐土，一来清静，耳根从此没了喧哗，正宜修心养性，还能坐禅，畅享坐地日行十万里之美；二来这里除了钱，包括权什么的一切都行不通，这很公平。三来可以长寿，想活多久就活多久，只要肯花钱。本想一个人颐养天年，孤独终老。没想到月球王不肯让我买断，私下一女许二夫，遇上了竞争者光秃，还是个穷光蛋。我出于好心，第一天还借给他俩一顶帐篷，没想到光秃靠彩票一夜暴富居然忘本，连声谢谢也不说。关键是这家伙还领个青梅，眼睛会说话，月球王看得眼都直了。最可恨的是两人好吃懒做，只吃外卖，光天化日之下秀恩爱，这不是扰乱军心吗？是可忍，孰不可忍？万般无奈，我才动用我的私心，让保镖上来。

青梅：真是同情限制了我的思维。我的善良让我打小以为，光秃就是我的竹马，两小无猜的真爱，被人定格为成语即为明证。所以，宁肯光秃打工，哪怕乞讨我也如影随形不离不弃。也算苍天有眼，一张彩票让我们一步登天，万人瞩目。可来到月球，物价奇贵，一杯咖啡都要六位数，这样下去要不了半年光秃就真成了光秃。再返回地球让人看笑话不说，租飞船能租得起吗？再说，这里也无处打工，除了为贝利。我只能舍身救夫，选择贝利。更何况，贝利有用不完的长生不老药，哪怕不能与日同寿，也能平安度一生。月球人也知道：好死不如赖活着啊！不用说，这可是唯一的机会，必须抓住。贝利万一被地上的莺歌燕舞缠上动了凡心，或是再上来个狐狸精天天宫庭缠斗，我这么善良又富有同情心，不累死也纠结死了。挑重点，话说回来，如果害得我亲爱的光秃为贝利当打工仔。天堂里的乞丐，哪里去找尊严，为了让他保留仅存的自尊，我也得做出牺牲不是？如果光秃还有良心，念我不枉陪他二十载，在人间立个我誓死不从意外为贝利保镖推下悬崖，立个贞节牌坊，也未可知。那岂不是功德圆满？我相信光秃已懂我的心思，那眼神里分明透着默契呢？！

新闻故事的结尾一点也不奇怪：贝利担心钱花光无法返回，在贝利青龙文身保镖的监督下，拿了一笔青春损失费坐贝利的免费飞船回地球了。终生难忘的是，临走前贝利为他举办一场豪华送行晚宴。他和青梅缠绵一夜，日月星辰见证。

连保镖都羡慕地说，"光秃，要不咱俩换换？！"

光秃笑着婉拒，意味深长。

这篇报道，我用了《青梅别竹马，光秃回老家》作题目。被总编说俗，毙了，换了《一女二夫的月宫生活》，一时洛阳纸贵，引领废纸价格翻倍。

光秃返回地球，买下贝利房产，坐拥贝利曾经的莺莺燕燕。保镖也兼职他的保镖，未知贝利是否允许。题目是《月球这么乱，且行且珍惜》。还获了宇宙新闻特等奖。当然，这是后续报道。

再后来，听说青梅也回来了。具体原因不详。因为我轮岗到火星当了驻地记者，遥不可及。

（2022年《荷风》冬卷）

◀ 后记：痴情文学永无悔

　　我的童年是在豫西一个贫困的乡村度过的，我从小就爱读书，曾因偷了家里五毛钱，去县城买了两本《三国演义》连环画小人书而挨过父亲的巴掌，也曾因趴在被窝里看一本小说睡着而差点让油灯引发一场火灾。在中学时代，教语文的班主任老师几乎每次都把我的作文当作范文在班上宣读，然而，1989 年，我终因严重偏科名落孙山，省里作文竞赛获奖加上的分也于事无补。

　　我矛盾，我彷徨，甚至产生过轻生念头。但不服输的性格使我在痛苦的煎熬之后，更加坚定地走上文学道路。炎炎烈日下，一百多斤重的麦袋压在稚嫩的肩头，一天下来全身像散了架，但我在万籁俱寂的黑夜，仍挑灯伏行在那一行行在我为无比丰饶的"格子地"，我攻读大量的唐诗宋词，花两年时间精读过一本《世界诗歌鉴赏辞典》和不少中外名著。为了随时将容易一闪即逝的灵感记录下来，我随身带了一个小本子，即使在夜幕下寒雪中，也坚持写下当时思考的一个小说情节或者诗歌语言。我的一些作品也陆续见诸各类报刊。

　　1993 年 5 月，由于《人民公安报》社副刊部杨锦先生的推荐，我参加了在京举办的"散文诗新秀创作笔会"，我写的《梁祝随想》获得了创作二等奖。后来，我主编的《中国散文诗》创刊号"全国武警公安专栏"，引起著名作家、中国散文诗学会会长柯蓝先生的注意；他两次致函给我，表现出了诗界老前辈扶植文学新人的宽阔襟怀。

我终于有机会在北京一家报社学习和创作一部公安题材的传记文学。那年年底，我的诗集《红月亮》面世了，捧着自己心血和汗水的结晶回到故乡，在漆黑的冬夜里我抱着那棵我出生时栽的槐树失声痛哭。在两年半时光里，我拜望了少年时代就心仪已久的艾青、臧克家、贺敬之、李瑛、张志民、牛汉和屠岸等诗界老前辈，更加感到创作的艰难、文学道路的艰辛。

1994 年，我参加了艾老 85 岁华诞贺寿活动，来自全国各地的 100 多位诗友不约而同前为艾老贺寿的情景，使我的心里更再次受到强烈震撼。我深深感悟到：一位艺术家只有艺术根植于人民这片深厚的土壤里，才会为人们所铭记。

重新拾起小小说，居然一日不写寝食不安，到了痴迷的程度，一发而不可收。所幸在纯文学日益艰难窘迫今天，报刊能多有斩获，屡屡获奖或入选，受益匪浅。

收入本书的 75 篇小小说，涉猎军旅，有乡土，有老人、也有古典和荒诞等多种题材。笔锋所至，立足细节，创意情节，彰显家国情怀，映射人间百态。期待读者于紧张的工作之余放松片刻，从中感悟一二，面对生活莞尔一笑。

如何捕捉现实中人物复杂、敏感而微妙的心理，塑造富有个性的艺术形象，是我今后潜心创作的方向。这需要摈弃功利的浮躁，需要专注的投入，需要博大而深邃的涵养。

我深知，前方的道路仍然崎岖而漫长。但我将一如既往，走出属于自己的蹊径，风雨兼程，唱出心中最诚挚的歌。

张中杰

2024 年 10 月 28 日于杰信翔园

两平方米麦苗